走南走北

程步涛◎著

中国言实出版社

图书在版编目(CIP)数据

走南走北 / 程步涛著 . -- 北京 : 中国言实出版社，
2021.2

ISBN 978-7-5171-3771-9

Ⅰ.①走… Ⅱ.①程… Ⅲ.①诗集 – 中国 – 当代
Ⅳ.①I227

中国版本图书馆 CIP 数据核字（2021）第 025895 号

出 版 人　王昕朋
责任编辑　肖　彭
责任校对　宫媛媛

出版发行　中国言实出版社

　　　　　地　　址：北京市朝阳区北苑路 180 号加利大厦 5 号楼 105 室
　　　　　邮　　编：100101
　　　　　编辑部：北京市海淀区花园路 6 号院 B 座 6 层
　　　　　邮　　编：100088
　　　　　电　　话：64924853（总编室）　64924716（发行部）
　　　　　网　　址：www.zgyscbs.cn
　　　　　E-mail：zgyscbs@263.net

经　　销　新华书店
印　　刷　徐州绪权印刷有限公司
版　　次　2021 年 3 月第 1 版　　2021 年 3 月第 1 次印刷
规　　格　710 毫米 ×1000 毫米　1/16　17.25 印张
字　　数　269 千字
定　　价　68.00 元　　ISBN 978-7-5171-3771-9

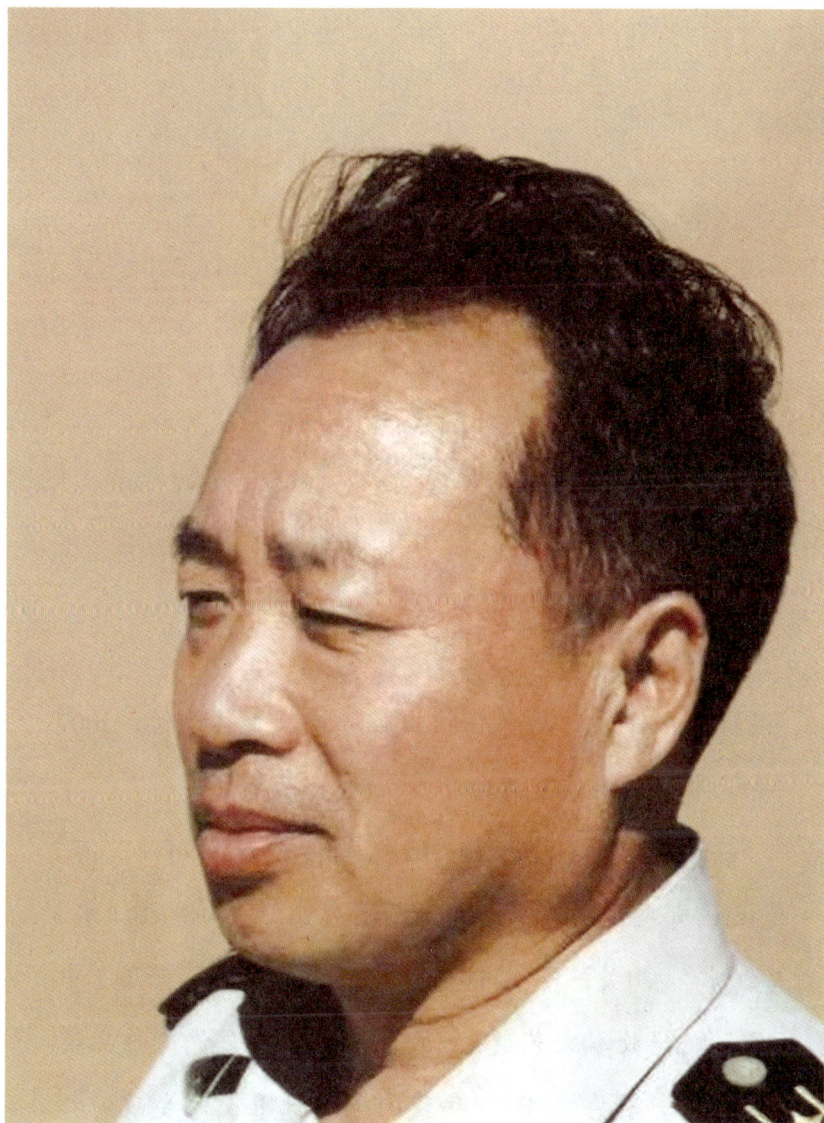

　　程步涛，1946 年 11 月出生，祖籍河北，1963 年
2 月自皖西入伍。1979 年由任解放军文艺出版社《解
放军文艺》编辑部编辑，1985 年任该出版社《昆仑》

编辑部主任，1996年任该出版社社长兼总编辑，2007年退休。中国作家协会会员。

出版诗集《爱·生·死》《鹰群》《清黄河浊黄河》《记住那些地方》，散文集《阅读土地》《俯瞰江水》《红冰》《阳关三叠》《铁衣》等。作品曾获第五届"中国人民解放军文艺奖"、第十二届"全军优秀作品奖文学类一等奖"。1999年获国务院批准，享受政府特殊津贴。

目录

卷二　又见槐花

卷三　走南走北

红色岁月

红色历程

红色史诗

红色经典

绿的春草

红的杜鹃

覆盖在昨天的焦土上

昨天

便成为今天的风景

记住这些地方

枪声和一座城市

一片枪声
使南昌成了永久的象征

那　夜
百花洲在等
滕王阁在等
青云谱旁边的一支支长枪
洗马池岸上的一簇簇红缨
在等
在等
等待枪声
撕碎长夜
等待呼拉拉的旗帜
映红一座城市的黎明

尔后
那支队伍便离开了这里
把火种
带向所有的城镇和乡村

枪声激起血泪
流成一道河又一道河
血泪凝成雷电
照亮一座山又一座山

一道道河
与一座座山
汇聚成风暴
矗立成铁壁
唱一支浩歌惊天动地
写一卷长诗激情奔涌

如今
走在这座城市里的
每一条大街
和每一条小巷
只要你凝神注目
就会看见从历史深处飘来的
缕缕硝烟
向我们诉说一个民族奋起时
山岩一样的坚强
激流一样的凶猛

今天
遍地鲜花的今天
今天
遍地阳光的今天
看见军旗就会想起南昌
看见队伍就会想起南昌
看见一名行走的军人
一顶军帽
或一身军衣
就会想起南昌
想起南昌城头的彻夜枪声

站在星空下

久久地聆听

浩瀚的银河系

正演奏着一部乐曲

一部属于南昌的伟大交响

2002 年 8 月

河流

如果所有的河流都会说话
她们该向今天诉说些什么

说炮火激起的水柱和巨浪
说沉在水底的
那些枪支辎重断樯残桅
与折了的竹篙桨叶
还有长眠在河边的那些生命
沉没于河床下的那些忠骨

号声与涛声一起激溅
旗帜飞越河流
队伍也飞越河流
春天便降临了
桃林如火
绿草如茵
所有的锣鼓都顿时敲响
所有的土地都顿时复活
所有的禾苗都长出饱满的穗子
摇曳着
唱着新时代的赞歌

今天的河流真的是月照清波
琴声荡漾了

河
流

历史的痕迹已经被风带走
连小小的二月兰和孱弱的野菊花
都争着
抢着
为当年流血的渡口和流血的滩头
铺展一层层的
明亮
与绚丽

所有的河流都悲壮过
所有的河流都辉煌过
每一朵浪花都是一卷史书
写的是
岁月如诗
战斗如歌

2002 年 8 月

山

想寻找一枚弹壳已经很难了
蜿蜒的战壕
隐蔽的掩体
以及腾卷的硝烟
呼啸的弹片
都变成了风竹秋韵
红杏春蕾
变成涧底的流水
和山巅的长云
展现一千种一万种的风情
与勃勃生机

大地涅槃
一年又一年的播种与收获
把往事
变成了花朵和莺啼

其实
往事一天也没有被忘记
你看那山崖
悲壮的呼喊
还凝固在岩壁上
而山腰那株老藤
拧折了的枪刺
仍嵌在苍老的皱褶里

山

每一次见到山
我都要深鞠一躬
而后
在山路上
凝视勇士的冲锋与退却
在密林中
聆听伤员的叹息与呻吟
所有的困苦和所有的牺牲
便会在一个瞬间复活
然后
讲述那些悲壮卓绝
轰轰烈烈的战争故事

山
冰冷的
坚硬的
满坡石头和黑土的山
山
热情的
滚烫的
长满深草与茂林的山

太阳累了会滑落
月亮累了也会滑落
只有山
顽强地矗立着
为血与火写成的历史
做一座永远的丰碑

2002 年 8 月

江南雨

江南雨
淅淅沥沥地下着
泥泞的路
挡不住行进的队伍

顾不上看黄灿灿的菜花
顾不上看湿漉漉的竹篱
向前向前
向所有被雨幕笼罩的城市和乡村
擂动进军的战鼓

队伍走过的地方
每一个脚印
都会长出一蓬蓬新笋
或者流成一条条清澈的小溪
如果是血迹
那就会开成花朵
红色的
紫色的
一片片火焰般的花朵
在以后每年的这个季节
为那些英勇冲锋
英勇倒下的身影
轻摇风韵

暗流珠泪

在江南
所有的地方都飘着这样的细雨
所有的细雨都记住了那一支支队伍
给人震撼
给人兴奋和鼓舞
走过去
土地便会翻卷绿浪
走过去
城市便会获得新生

今天
已经寻不见
那一条条泥泞的路了
更看不到匆匆赶路的士兵
火炮
骡马
担架和战车
只有雨还在飘
像委婉缠绵的弹词开篇
唱的却是
山倒海倾
天翻地覆

江南雨
细细的柔柔的江南雨
熏染过六朝粉黛后庭遗曲的
江南雨
在二十世纪四十年代的

最后一个春天

第一次

改变了节奏与风格

2002 年 8 月

西柏坡观作战地图

数百里数千里之外的

战场

战场上的

烈火

硝烟

飞机与大炮的轰击

汗渍与血渍的交融

在这里

表现为智慧与智慧的搏弈

演绎一场真正的"纸上谈兵"

如今

所有交战过的地方

早就没有了堑壕和堡垒

没有了前沿

也没有了后方

洁白洁白的云

和银亮银亮的雨

在所有的季节里

编织着同样美丽的歌谣

和同样甜蜜的憧憬

只有这幅作战地图依然悬挂在墙上

在所有的日子里

向所有来到这里的人们

讲述那场

为民族命运进行角逐的战争

那些红的箭头

蓝的箭头

当年双方兵力的部署

与火器的标志

像秋天斑斓的树叶

已经由绿而黄由黄而褐

冰雪覆盖之后

又是一个新的年轮

这个小小的村庄

孕育雷

孕育闪

孕育暴风和骤雨的小小的村庄

在二十世纪四十年代

一个最寒冷的季节

作为一面旗帜

翻卷着

呼啸着

让这片冻僵的土地

猛然睁开眼睛

呵

作战地图

历史向今天敞开的窗扇

而我的心

是向历史敞开的大门

隆隆的

一轮红日从我心头驰过

在硝烟与战火的托举下

轰然上升

2004 年 5 月

于都河

题记：1934 年 10 月，中央工农红军渡过于都河，离开中央苏区，开始了战略转移。哈里森·索尔兹伯里（美）在《长征——前所未闻的故事》中写道："……工兵在于都河上架起了五座浮桥。当时正值枯水季节，在于都一带，河面不过二百五十英尺或三百英尺宽……毛泽东和他的队伍沿河岸没走多远，月亮就升起来了，河面很静，没有一丝风。一会儿他们来到渡口，踏上咔咔作响的桥板，顺利地过了河。"

目的地在哪里
今夜
兵发何方

扔下沉甸甸的稻穗
扔下刚刚摘下来的南瓜
和刚刚刨出来的红薯
一曲《告别》[1]
是三十年后唱响的
唱得一个民族
一听
就热泪盈眶

那天晚上的月亮很美
毛泽东和他的队伍无心赏月
闷着头

走
路在脚下

南昌的蒋介石
猜不透老对手的心思
滕王阁依然
落霞与孤鹜依然
然而
共产党的队伍
已经离开罗霄山脉
只留下仇恨
只留下火种
留下长刀短枪
继续做生与死的较量

红军走了
每一扇柴门
都倚着母亲或妻子
等云聚云开
等月缺月圆
在血与火中
重新种植希望

还有一处处
有名的和无名的青冢
遥望长天
用一颗不死的心
为未来祈祷和歌唱

啊

冷霜铺满了的于都河

月光笼罩着的于都河

波里浪里

腾起一片橘红

那是新世界的曙光

2005 年 5 月

[1] 肖华所作《长征组歌》，开篇即为《告别》。

湘江

题记：1934 年 11 月 27 日至 12 月 1 日，中央红军血战五昼夜，突破敌人第四道封锁线渡过湘江。刘伯承在回忆录中写道："虽然（红军）最终渡过了湘江，但却付出了惨重的代价，人员折损过半。"一个月后，红军到达遵义，兵力出离开苏区的 8.6 万人，锐减到 3 万余人。

流水也有记忆
你看这湘江
七十多年前的血
至今仍洇染着茫茫江面
洇染着那轮
斜卧在涛声里的落日

此刻
我们该说些什么
我们又能说些什么
唯一要做的
就是长揖接地
然后倾三瓶老酒
点一炷高香
抚慰永远不息的呼声喊声
抚慰倒在江中和江岸的
无畏的身躯

天空有鹰
那是一个个英魂
至今仍盘旋于这片水域
无论云重
也无论风疾

水面有歌
那是信念的花朵
在所有的季节绽放
无论飞雪
也无论飘雨

要流血是想过了
流那么多的血是否也想过
要死人也想过了
死那么多的人是否也想过
还有抛在江水里的那些辎重
还有乌云一样压在头顶的
围追堵截
历史每前进一步
都无比沉重
叫人不忍回首
望那些深深浅浅的足迹

任何一条江河的流水
都不如湘江水浓
任何一个地方上的泥土
都不如湘土厚重
任何一种语言
都不如沉默丰富

任何一种思想
都不如无语深邃

这就是湘江
一部属于战争的悲壮史诗
七十多年了
七十多年
叫一辈辈的军人想起你
便肝肠寸断
血沸心炽

2005 年 5 月

赤水

题记：赤水河，位于贵州省赤水县。遵义会议后，为摆脱国民党军围剿，中央红军于 1935 年 1 月—3 月四渡赤水后，南渡乌江，将敌人主力甩在乌江以北，我主力则直逼贵阳，利用云南敌军增援之机，乘虚进军云南，威胁昆明。当敌人回救昆明时，红军突然向西北挺进，5 月上旬，于皎平渡过金沙江，彻底摆脱数十万敌军围追堵截，取得战略转移中具有决定意义的胜利。

一条河
一条和所有的河一样的
普通的河
让一支疲惫的队伍
来来回回过了四次

渡河的那些日子里
云和风在变幻
山和水在变幻
变幻中
那支队伍
忽尔出现在此岸
忽尔出现在彼岸
让追击的敌人一片迷乱

如今

枪声是听不见了

呼喊也听不见了

洒在岸边的血

融在没有名字的花瓣上

使每一个春天

都变得无比美丽

并充满生机

还有

黑色的

冷峭峻拔的崖畔上

烈火与硝烟留下的痕迹

还有

暗咽的喇叭

和踩碎渡口的马蹄

都已经消失得无影无踪

把自己当作火炬点燃的人们

变成一簇簇新草

一枚枚新叶

变成最动人的歌

和最壮丽的诗

一条河

一条永远不会枯竭的河

每一片波浪

都是一面翻卷的战旗

2005 年 5 月

赤
水

乌江

题记：乌江，一称黔江，长江支流，位于贵州省北部和四川省南部，有"天险"之称。1935年元旦，红军先头部队经过48个小时的激战，占领南岸渡口。一支部队到达北岸后，在敌人围困中，坚持30多个小时，直到后续部队到达，方控制乌江两岸。遂用竹子搭建浮桥，大部队跨过乌江，直取遵义。此后3个月间，因战略需要，红军曾多次渡过乌江。

每一条江都是一个谜
乌江，你的谜底
又在哪一条波浪中藏匿

是山在你的脊背上矗立
还是你在山的脊背上逶迤
当年的血
还在鹰的眼睛里闪烁吗
寻觅当年的硝烟
我们该踏上哪一面山坡
和哪一片石砾

俯下身来
掬起一朵浪花
昨天的一切便扑面而来
所有沉在江底的悲壮与激烈
瞬间燃烧
火焰之上
是充满豪情的歌

与充满信心的旗

此刻
江面上没有过渡的舟楫
最忙碌的
依然是峡谷里的风
一会儿铺向水面
一会儿卷上山脊
七十年了
一直这样奔来奔去
品味着历史的苦涩
也载负着历史的荣誉

而在城市
也许只是在这一个时刻
才想起这条江
想起它给我们留下的思考与启迪

或许
这已经足够了
既然它已经成为种子
就会一年又一年地繁衍
长出芽
长出茎和叶片
开绚烂无比的花
结丰硕厚重的果实

2005 年 5 月

大渡河

题记：大渡河，古称沫水，在四川省西部，西源为麻尔柯河，出自青川边境果洛山。东源为棱磨河，出红原县。两源汇合后称大金川，在丹巴县纳小金川，始称大渡河。于石棉县折向东流，在乐山县纳青衣江后入岷江。1935 年 5 月中国工农红军长征，在石棉县强渡安顺场渡口，在泸定县夺取大渡河铁索桥。

历史曾在这里留下一曲绝唱
让风也呜咽
云也悲怆
石达开和他的太平军
成为一个印记
成为大渡河一种别样的苍茫

一百四十三年悠悠岁月过去 [1]
五月
杜鹃花开了
夹竹桃开了
用一片火焰
助红军雷霆万钧之势
让太平军的印记
成为往事
让一个渡口
和十三条铁索 [2]
闪耀亘古未有的光芒

时间

就像这山谷里的流水

冲刷着记忆

也储藏着记忆

铁索上依然看得见火星

岩壁上依然寻得见弹痕

浑黄的狂涛

站起来

又倒下去

与千山万壑的回声一起

书写着革命的壮阔主题

演奏着一篇动人心魄的

乐章

大渡河

这片土地上所有的树和所有的花

都是属于你的

而有多少棵树和多少朵花

就有多少支赞美的歌

在每一个夜晚和每一个白天

为你唱响

这时

如果你站在河边

一定能感受到

太阳一般的壮丽

与辉煌

2005 年 6 月

[1] 1863 年（同治二年）5 月，太平天国翼王石达开所部在大渡河紫打地（即安顺场）渡河失败，全军覆没。其自投清军，6 月在成都被杀。写此诗时为 2006 年 6 月，距 1863 年已 143 年。

[2] 1935 年 5 月 24 日，红军第一军团一师一团团长杨得志率部拿下安顺场，17 名战士自告奋勇，乘唯一的一只船过渡。对岸守军火力甚猛，赵章成用四发迫击炮弹摧毁敌人四门火炮，17 名勇士登上对岸。因船只少，昼夜摆渡，运送的人数仍然有限，遂由二师四团政委杨成武率部沿大渡河西岸北上 70 余公里，于 29 日，赶至泸定桥边。敌人将桥上的大部木板撤去，来不及撤的则泼上煤油，纵火烧毁。连长廖大珠率 21 名战士，在敌人枪弹与烈焰封锁下，攀越十三道铁索，抢夺泸定桥。

金沙江

　　题记：金沙江，长江上游自青海省玉树县巴塘河口至四川省宜宾市的一段。支流有无量河、雅砻江、普渡河、牛栏江、横江等。在云南丽江石鼓急转北流，深切高原，形成虎跳峡。两岸悬崖飞瀑，水流湍急，谷深达3000米，为世界最深峡谷之一。1935年5月，中央红军强渡皎平渡（云南省禄劝县）渡口。哈里·索尔兹伯里在《长征——前所未闻的故事》中称："红军过了金沙江，等于在追兵面前关上了大门。"

那是一段喋血的岁月
如今
喋血已经成为遥远的往事
只有风
固执地冲撞着悬崖
仿佛要用骇浪
用惊涛
淘洗留在每一条裂隙间的
历史的呼声

正是深秋
成熟了的草和成熟了的花
都在低着头沉思
浪的波纹间
是七十年前
鹰翅留下的一缕剪影

毕竟远离城市

火红的歌

和火红的绸带

不属于山野

空旷的峡谷里

即便是庆典的日子

也显得淡然

寂静

这波涛能站起来吗

能站起来

向我们诉说当年的感受

抑或

递过来一枚沉在江底的弹片

让我们掂量一下

看它穿过了

近代史多少层页

江水依然在流淌

像我们血管里的血

一辈人一辈人地延续

无论什么时候捧起它

都是滚烫的

灼人的

因为

它托起过理想

因为它相信

理想不仅壮丽

而且强悍

金
沙
江

无敌

足以震古烁今

今夜

会有一片浪影飞来

在我的梦里

搅起隆隆雷声

2005 年 11 月

战壕

绿的春草

红的杜鹃

覆盖在昨天的焦土上

昨天

便成为今天的风景

细雨飘忽

云

时重时轻

只有风最忙

用长长的啸音

一遍又一遍

讲述当年的呐喊和厮杀

讲述一个伟人咏唱的

旌旗在望

鼓角相闻

于是

我看见一个个年轻的士兵

卧在战壕里

射击

投弹

用土炮用梭镖

向旧制度

宣战

为新制度

催生

云海滔滔

林海滔滔

硝烟已经远去

空气像酒一样醉人

往事也和硝烟一起远去了

和那些断剑残戟

和那些弹片蹄铁

在厚厚的史册里

扎寨安营

也许过不了多久

战壕便会完全消失

变成一颗深埋在岁月里的种子

在人们想起它的时候

才簌簌地

簌簌地

拱出记忆的土层

2007 年 4 月

残墙

感谢那位不曾留下名字的人
在修葺这处遗址时
为我们留下这堵弹洞斑驳的残墙

透过岁月漂洗的一片灰褐
我看到了烈火
浓烟
看到了如海的苍山
如血的残阳
弹洞是永远不再闭合的眼睛吗
它的记忆也中止在那个时代了吗

那个时代
所有的草都要过火
所有的石头都要过刀
所有的房子都被烧毁了
只有这半截残墙
成为一副宁折不弯的脊梁

有孩子走到近前
用一双小手
抚摸墙壁
他们不认识战争
不知道为什么有人会用枪和刺刀

残
墙

蹂躏鲜花
挑破希望

我想寻访这间房子的主人
当年
他是做什么营生的
卖米卖盐
编箩编筐
那些决心改变这个世界的人
又是怎样选中这处宅邸
养育自己的理想

硝烟再一次掠过之后
队伍走了
主人也跟着走了吗
或者含着眼泪
站在离这堵墙很近很近的地方

呵呵
窗户是敞开的
门也是敞开的
脚步很沉很沉
呼吸很轻很轻
我小心翼翼地跨过门槛
走进这道辉煌而又沉重的
历史长廊

从此
这面残墙将永远矗立在我的记忆里
它是历史的大树

我们
将通过它丰富的根系
汲取力量和营养

2007 年 4 月

水下的号角

题记：麻埠镇，位于安徽金寨，土地革命战争时期红二十五军的诞生地，鄂豫皖苏区的政治、经济、文化、军事重镇。1957 年建响洪甸水库，麻埠与同为红军时期根据地的流波镇一起成为淹没区。

只是在一个瞬间
这里就变成烟波浩渺的水面

再也看不见南来北往的车辙
再也看不见挂着灯笼的客栈
那条铺着青石的小街
那面书写着"革命"二字的影壁
连同放在壁龛里的黑瓷油灯
和还没来得及锈成碎片的传奇
便被隔离在历史的
另一个端点

天若碧水啊
碧水若天
这一朵朵浪花
一道道波澜
能告诉我多少昨天的故事
轻点水面的鸥鹭
你向我诉说的
是鼓号齐鸣的交响

还是激情燃烧的诗篇

撩起一串水珠
我问
马蹄还在敲击那长长的石路吗
我问
大刀还在乡场上左右翻飞吗
春风吹拂
殷红的血
一年一度是否仍然在催开
门前的杜鹃
清明雨细
是菜花把天空染成一片金黄
还是天空把土地映成一片璀璨

啊
曾经繁华过的麻埠镇
曾经辉煌过的麻埠镇
什么时候想起来
都让人心动的麻埠镇
我该在哪里聆听
那永远唱不完的战歌
和每一个夜晚都会在我梦中响起的
军号与呐喊

朦胧中
一个声音在耳边缭绕
岁月已经走远
往事已经走远
马蹄军号大刀长矛红缨红旗

都变成星星了
变成了一年又一年的
时阴时晴
月缺月圆

这一夜
我在水库边上住宿
有风卷过
有浪掠过
有苦涩的硝烟卷过
和匆匆的脚步踏过

我知道
这是历史的遗篇

2009 年 11 月

将军与逃难的乡亲

将军站在村口

看山梁上逃难的乡亲

提着篮的

拄着拐的

携儿

携女

牵牛

牵驴

在晚霞里走成一轮凄楚的落日

能往哪里逃呢

关外的都逃到关里来了

城里的都逃到城外来了

脚下的土地

四处都有火有烟

都有强盗

用同胞的血

涂写抢掠

杀戮

涂写强盗的逻辑与歇斯底里

将军的心碎了

乡亲是水

军队是鱼

乡亲是爹娘

军队是儿女

将军对战士说

去吧

哪怕用骨头

用血肉去抵挡子弹

也要为乡亲们

争一块安详的土地

终于

血肉与生命

换来了　方土地的安谧

被苦难浸泡的山村

重新绽开笑脸

有了鸡鸣

有了犬吠

有了山歌和小调

飘在云彩里

飘在炊烟里

如今

山村作为根据地的遗址

每天

都用那个青砖铺就的院子

用砖隙间长出的小草

和一朵朵黄色的蓝色的小花

向到访者

讲解一个民族的精神和意志

枪声和炮声

红
色
岁
月

红
色
历
程

红
色
史
诗

红
色
经
典

沉寂在壁上的图片里
将军的身影
镌刻在百姓们的记忆里

还有我的这首小诗
在这个越来越富裕的日子里
向那个贫寒的年代里
每一根骄傲的脊梁
表示最最由衷的敬意

2005 年 4 月

陵园

用最残烈最惊心的搏杀
作为生命的句号
血是旗帜
是红透天边的绚烂的锦霞
然后
就静静地躺在这里
成为清明时的濛濛细雨
和月光下如泣如诉的歌声

雁群南来北去
翅膀上驮着沉沉的思念
一年又一年
一个十年又一个十年
日子
先是泡在泪里
后来浸在火里
再后来
是绽放的鲜花
和悠扬的鸽哨
连同陵园
连同每一块墓碑
成为崇高
成为一种永恒

于是
一切都变得厚重起来
所有的心
都在对自己进行拷问
所有的人
都仰起头来
眺望云聚云散的
历史天空

风
打着旋
把碎叶和花瓣
送到墓前
和长眠的烈士一样
它们也是种子
是坚贞不屈的信念
是生命的根茎

太阳升起来了
撒下耀眼的金黄
一个成熟的季节又来临了
果实香气迷人
米酒香气迷人
永远不会忘却的记忆
香气迷人

2007 年 4 月

香山记事（四首）

最后一座营帐

这座被列入燕京八景的美丽的山
在七十年前的那个春天
为革命撑起最后一座中军大帐

那个春天
南方的队伍还在战斗
鲜血搅拌着硝烟
继续浸染着旗帜上每　根纤维

我们脚下的这片土地
岩浆翻腾冰河炸裂
所有的树和所有的禾苗
所有的尘泥和所有的沙石
正经历着凤凰涅槃浴火重生般的
艰难过程

今天来到这里
我们会想到什么呢
那些仍然悬挂在墙壁上的作战地图
那些曾调动千军的文件和命令
是继续震荡着我们的耳鼓
还是只伴着一年一度的红枫黄栌

点缀入冬前的
一道风景

只要是山
就有坚硬和严峻的特质
坚硬和严峻会孕育情操和精神
香山
从那一个春天开始
你便成为一座碑
一座矗立在共和国史册上的
无可比拟的山峰

香山红叶

到香山看红叶
不只是因为霜重色浓
香山红叶是日月星辰写成的
火红的诗句

秋色把黄栌和枫树染透了
每一处都美丽得让人如醉如痴
那些飞来飞去的鸟儿
跳来跳去的松鼠
大朵大朵的云彩
都是香山的记忆

捡起一枚红叶轻轻抚摸
细密的叶脉像无数条流向远方的小河
我听见它在说
叶子的后面是枝柯，是树干

是无边无垠的大地
和醇厚温暖的泥土
所以
在每一个秋天
都能变得这样美丽

我说，我知道了
这是你给我们的昭示
每一个生命都有两个端点
一个在前方，那是目的地
一个在后方，那是根基

登山遥望

思想能穿透天涯
眼睛就能望穿天涯
此刻，我在香山向南眺望
眺望七十年前那将近熄灭的硝烟
和将近熄灭的战火

长江的波浪依然滚滚东去
断桅残橹化作岸边的泥土
默默地与紫金山相守
与石头城相守
它们不是逗号也不是句号
它们是时间的更新和历史的延续

再向南
便是红旗漫卷便是摧枯拉朽
新生的土地上

到处是大片大片的麦苗

金黄金黄的油菜花

所有的枝头都绽放着无尽的生机

如今

哪个词汇能准确表现当年的情景呢

表现四万万五千万颗疲惫的心

在一夜之间重新迸发活力和自信

在一夜之间

把诗与赋写满这片古老的土地

一个民族站立起来

便永远不会再倒下去

寻觅足迹

在熙攘的游人离去之后

让心静下来

伴着叶片沙沙的声响

寻觅刻在每一条山路上的足迹

或轻或重

或缓或疾

那是走过草地爬过雪山的足迹

那是踏过兵燹踩过血火的足迹

那是无比坚定无比自信的足迹

那是即将跨进新天新地的足迹

从四面八方各个战场走来

又向四面八方各个战场走去

直到响起开国大典的礼炮

直到升起鲜艳的五星红旗

我相信，这些足迹永远都不会消失
就像这座屹立了千百万年的香山
被我们这个民族深深铭记
无论在阳光下还是月光下
满山遍野那些鲜艳的花朵
就是献给这些足迹的
最诚挚的心意

2019 年 12 月

记住这些地方

在山岩的背后
在树林的深处
在蜿蜒小路的中段或尽头
这些地方
是城市和乡村最骄傲的圣地

滚滚烽烟凝聚在这里的时候
英雄的生命也终结在这里
有名的
无名的
蓬蓬勃勃的生命
为了这些地方的花朵和绿叶
为了这些地方的山岗与河流
倾自己的血
浇灌新的生活

从此
这些地方便有了非凡的意义
和日月一样耀眼
和星辰一样夺目
和群山一样巍峨
和海洋一样壮丽

走近这些地方

灵魂就会震颤

骨骼爆响

热血贲张

圣洁的感觉会涌遍全身

走近这些地方

会感到生命的深刻和饱满

眼前闪过的

都是秋风散关

热血残阳

疆场赴死

是生命的一种高度

我们享受多少甜蜜

就得付出多少艰辛

我们创造多少辉煌

就得付出多少牺牲

一些人勇敢地倒下了

一些人勇敢地站起来

如脚下的路

一程接着一程

向前铺展

延伸

这是历史留给我们的

启迪与昭示

2004 年 5 月

走过长安街

夜静更深的时候
月朗风清的时候
在长安街上
感受军阵的威严与雄浑

先是马蹄
轻轻敲打平整的路面
接着是战车
让天和地在一瞬间震颤和晃动
再接着
便是步兵方队了
像移动的山
和流淌的河
像巍峨的关隘
和奔涌的长云
再接着
马蹄回到大草原上去了
那些庞大的战略武器
开始成为方阵的灵魂

故宫里的红墙黄瓦
长安街上的高大楼群
以及一棵棵松柏
和一株株玉兰
一度又一度

为这片古老的土地见证

山呼海啸

地动山摇

青铜的历史复活了

凝固的长城复活了

五千年苍穹溟茫海天寥廓

连同短剑长矛弓箭画戟

边关猛将沙场厉卒

在十月的第一个上午

用全部激情

展示国家的形象与个性

军阵已经远去

车流如水花激溅

长安街重新变成娇艳的花朵

柔美而又甜蜜

繁华而又温馨

然而

记忆永远是清晰的

每一个夜晚

都会像火焰一样燃烧

长安街

我们用全部的爱和全部的生命

呵护的长安街

用最特殊的方式

记录士兵的奉献与忠诚

2006 年 10 月

永远的军号

那使人热血沸腾的军号
越来越遥远了
连同军号的内涵
已经成为漫漫征程上的
一个符号

于是
我们再也看不见司号员
站在阵地前沿
用过人的气力
传达进攻和冲锋的命令
看不见墙坍城破之后
半杆残旗下
号声集结起来的
最伟大的忠勇

真的想念那嘹亮的号声啊
只要司号员将号嘴贴到唇边
那便是战场上最有力的鼓动
伤了的胳膊
能拔山填海
折了的刀剑
能切云断虹
生命
会迸发惊人的勇气

连呼喊都带着殷殷血腥

今夜
那军号就站在历史的对岸
诉说它经历过的风霜雨雪
诉说它感受过的悲恸激情
问我们会在什么时候
又在哪一片战场
与它重逢
一把铜号啊
真诚
如号柄上飘飞的红缨
深沉
如锻造它的青铜

而我
此刻只能是默默地望着它
望着它
在心底
一遍又一遍地
咀嚼战争

2002 年 8 月

如今
战争和战争中的苦难
像山涧中的水
早就流到遥远的天边
只有在梦中
才会像月光下的竹影
一摇一摇
走到我们面前

卷二

又见槐花

杜鹃

如果没有这遍山的杜鹃

我们的激情

还会和澎湃的林涛

激荡的云海

一起奔腾吗

啊

绰约风姿

千万种的妩媚

摇曳着

诉说着

把我们的心

牵向遥远

去感受战士的鲜血

怎样把泥土

染成红色

然后

浸润密密的根须

浸润翠玉般的叶片

然后

在花瓣上

凝结成历史

那时候

红色岁月　红色历程　红色史诗　红色经典

山有多险

日子就有多难

一条苦涩的皮鞭

抽打着每一缕炊烟

和每一株禾苗

连石头都渗出一层层血痕

都说杜鹃开起来像火

却驱不散心底的阴冷与寒气

于是

人们便把希望和憧憬

交给大刀梭镖

交给绣着锤头和镰刀的旗帜

于是

杜鹃

成为一种期盼

像盼望黎明前的曙光

像盼望龟裂的土地上

落下第一场春雨

昨天经历了太多的辛酸

才有了今天太多的甜蜜

姹紫嫣红的杜鹃

用最美的色彩

最美的线条

最美的旋律

诠释革命的意义

现在

让我们把手紧紧握起来

用你的心和我的心

在昨天和今天和未来之间

以杜鹃的名义

唱一首歌

或者写一首诗

为了所有的花朵

都能轻松地

自在地

展现自己的佼好和魅力

杜
鹃

2007 年 4 月

于都河的傍晚

灯光和星星一起闪耀的时候
河面便缀满璀灿的珍珠了
啊
于都河

我想去问问浪花
当年
河面上可曾弥漫雾霭
暮色降临时
有没有一支山歌
牵拉着红军的衣裾久久不放
让桥头那盏焦急的马灯
明明灭灭

我知道
如今的河水
已经不是昨天的河水了
或许
只有到江边去
到海边去
到浩瀚的波澜中去
才可以感觉当年那支队伍的呼吸

这个世界上

有多少河流啊

一弯清水

此岸彼岸

渡过去

有时轻松得像飘过一片树叶

有时却沉重得波翻浪滚

让你的心

一阵阵滴血

我是在早春的　个傍晚来到于都的

昨天的那些伟大史诗

和壮烈故事

已经变成一栋栋漂亮的建筑

闪亮的霓虹灯

闪亮的广告箱

与汽车喇叭

与熙熙攘攘的人群

与商店里传出的流行歌曲

交织成这座城市的

繁荣和热烈

与液晶电视时装矿泉水

一起叫卖的

红米饭

南瓜汤

系着一朵红缨的精致的草鞋

则努力地提示人们

曾经有过一个走远了的岁月

生活是幸福的

因为我们有过浴血奋战

有过艰苦卓绝

于都河

光荣的河

一侧是长征的开始

一侧是割据的终结

2007 年 4 月

三月的雨

头顶上的一片云彩

散落成　场细雨

淡淡的

如雾如烟

如一把古老的琴

弹奏古老的谣曲

三月是多雨的日子

山峦被洗涤成一方碧玉

那条小河

那条正哗哗啦啦流淌着的小河

有鲤鱼在跳跃

有鹭鸶在梳羽

根须草叶

树丛花蕊

以及田埂和石路

都在向我们传送着

土地的活力

我想起那支在雨中行军的队伍

他们就是在一个雨天

向北

向北

走进硝烟

红色岁月　红色历程　红色史诗　红色经典

走进血火

走进《新华日报》敞开的"天窗"

成就了一个伟人的

千古绝句

雨中

我们寻觅当年的足迹

没有举一把雨伞

也没有戴一顶刷了桐油的

竹编的斗笠

就这么让雨淋着

让风吹着

在泛着青草和泥泞的气息里

品位生命的意义

三月的雨

是老区永恒的记忆

歌声

期冀

忧虑

叹息

都在雨中绽芽分蘖

长成沉重却是纷呈多姿的历史

雨还在下

在瓦明锃亮的石板上

击打响亮的鼓乐

在万竿斜竹的叶片上

弹拨动人的旋律

这是天和地

在讨论

——关于作为

——关于价值

2007 年 4 月

红米饭

盛在碗里的
就是那个激情燃烧的岁月吗

流年似水
心里的记忆
半是温暖
半是辛酸
作为历史教科书里的一个符号
红米饭
用半个多世纪的时光蜕变成蝶
完成了一次
斑斓多姿的生命的质变

此刻
又到了插秧季节
禾苗在镜子一样的水田里
幸福地微笑着
风在禾苗的叶片上
快乐地舞蹈
这是怎样坚强的种子啊
在泥泞中生根
在雷雨中拔节
然后
支撑意志
支撑一双双铁手

打造一个崭新的江山

我知道
在北方有一种叫谷子的作物
曾经用它金灿灿的米粒
在黄土高原上
养育理想和信念
它们和红米是同祖同宗
是兄弟姐妹
是革命营养学中
不朽的经典

今天
那个年代离我们很远了
今天
吃一顿红米饭
或者喝一碗小米粥
只是为了一种记忆的满足
为了释放对于往事的
无法化解的怀念

我想
我们都应该在家里备一些红米
为了坚强的基因不会消失
为了曾紧握拳头呼喊时的
暴烈和粗犷
为了关于生命的
旗帜和宣言

2007 年 4 月

品茶

一把红泥小壶
数只青花茶盏
在茶姑的手中轻轻一晃
阵阵清香便溢散开来
让我们如痴如醉飘然欲仙

茶姑的手很巧很巧
那是用来摘云彩的
茶姑的腰板很直很直
那是用来背希望的
茶姑的歌很甜很甜
那是心里的蜜
献给这十里茶园百座峰峦

有斜斜的风和斜斜的雨
从茶园卷过
枝茎上水光在闪
叶片上水珠在颤

当年
也有风雨卷过
那风雨是与战火一起卷来的
山岩碎了
山泉断了
只有这茶树

踉踉跄跄地挺直身子

在苦涩的日子里

用几丝茶香

冲淡岁月的艰难

想到这些

茶盏便沉重起来

那洁白的丝丝缕缕的水气

竟变成时断时续的硝烟

如今

战争和战争中的苦难

像山涧中的水

早就流到遥远的天边

只有在梦中

才会像月光下的竹影

一摇一摇

走到我们面前

而我们

会记住那些艰难的日子吗

在品尝甘甜时

会不会想起曾经的苦涩和饥饿

在回味清香时

会不会想起曾经的动荡与不安

2007 年 4 月

山道

像从天上垂下来的一条丝绦
舞动
飘荡

当年的枪声早已经寂灭
树梢上也没有了缭绕的硝烟
那些曾经在这条山道上挑粮的士兵
都走得很远很远了
有的
则化作松风林涛
成为我们仰望历史时的
峰峦云光

啊
一条山道
展开的是历史和现实之间的距离
让我们想象艰辛
想象那些钢浇铁铸的脊梁

游人如织
导游用动听的方言
一遍遍解说昨日的辉煌
没有了饥饿和寒冷
没有了围剿和反围剿
我们还能复制烽火中的激越

悲壮
和豪放吗

或者
应该问一问脚下的泥土
问一问路边的石子
或许它们
才会存留昨天的信息
才会记着红军挑粮时的
浅吟高唱

其实
每天我们都在路上行走
从一端
到另一端
风雨在前方
彩虹也在前方
或者
经过没有生命的荒原戈壁
或者
走进鲜花盛开的城市与村庄
所有的足迹都是历史
都是书写生命意义的诗行

记住
路不仅仅是距离
路是前人用勇气与智慧
为后人托起的
一轮太阳

2007 年 4 月

江西老表

轻轻地喊一声江西老表
井冈山就扑到我的怀里了

啊
江西老表
山岩一样坚强
泥土一样朴素的
江西老表

那时
血从伤口喷出来
火焰穿透铁一样的夜幕
那时
阳光不再和煦
连鸟儿的羽毛都失去了颜色
唯有你
默默地用犁耙
缝缀被弹片撕碎的土地
用眼泪
滋润枯萎的禾苗

日子是苦涩的
铁青
冰冷
一天又一天
一年又一年

望星

望月

在寒冬里等待春天

在暗夜里等待拂晓

啊

革命是河

江西老表是背负着流水的河床

水流走了

每一粒沙子和每一块石头

便沉淀为经典

写满意志

神话和信条

我从北方来

想听当年的故事

可江西老表们

只是对我淡淡一笑

记忆里那些沉重的往事

在他们说出来的时候

变得比云还要轻巧

这天晚上

我梦见母亲颤巍巍地走来

穿过金灿灿的油菜地

穿过红得像一片云霞的杜鹃林

一声声喊着

——儿子

2007 年 4 月

又见槐花

又见槐花
挂满枝头
无论是倒春的寒风
还是凛冽的冻雨
都挡不住它的绽放

槐花开了
穷人的心也就舒开了
饥饿暂时离开灶台
一树槐花
能点燃一年的希望

其实
我们这片古老的土地
哪里的穷人没吃过槐花呢
细碎的柔软的花瓣
给瘦弱的肌体
补充生存的力量和营养

槐花
生命的旗帜
用泥土里沁出的血
用血中燃烧的火
锻造革命的信念

和对未来的向往

那个年代

那个战火弥漫的年代啊

乡亲们用槐花充饥

战士们也用槐花充饥

于是

槐花也就成了大刀

成了地雷

炸弹

长枪

一串槐花

腾起的却是历史长廊中

人民战争的滔天巨浪

轻拉枝头

将槐花贴近脸颊

一股清苦扑面而来

像烈酒

伴着一阵长风

猛然掠过我的心房

2005 年 4 月

落叶

捡起一片落叶
我想起一个已经遥远了的
词汇
——汉奸

这是民族之树上的败叶
当风狂雨骤
当波涌浪翻
让强盗掐在手里
捻成一点一点的碎屑
让自己人
品那总也品不完的
凄烈悲惨

这是一个营垒
站到另一个营垒的倒戈
这是一条战壕
跨进另一条战壕的背叛
强盗放火
他们便去泼油
强盗开枪
他们便去拉栓
爹娘不要了
姐妹兄弟也不要了

摇一条狗一样的尾巴
丢祖宗八辈的颜面

今天
在太行山大大小小的山沟里
随意捡起一块石头
便能感到阵阵寒气
随意掬起一捧溪水
便能尝出鲜血的腥咸
倚一面石壁
体味什么是千山万壑
读一段碑文
认识什么叫忠肝烈胆

只有一个山口不忍去看
乡亲们说
就是从那里
汉奸带来鬼子的队伍
才有了现在的这片墓碑
有了鲜红的血
将这里的山和这里的水
染成如今的丹霞紫烟

不知道这个遥远的词汇
还会不会被激活
在某一个关键的时刻
再度将悲剧上演

2005 年 4 月

想起房东

想起房东
便翻开了一部历史
房东在历史的一端
我们在历史的一端

六十多年前了
有一支队伍
吃在老乡家里
住在老乡家里
直到这支队伍走进城市
让房东这个古老的称谓
一次次写进教科书里
作为共和国的骄傲
作为民族记忆里
永远散不开的岚气霞烟

推开柴门
焦急的问候便扑进怀里
解开绑腿
热腾腾的水便放到脚前
然后
看着你洗去血火
洗去满身的劳累和疲倦
再端上香喷喷的米粥

和香喷喷的莜面

让你感受母亲的慈爱

和回家的温暖

如今

当年的房东早寻不见了

只有门前那盘石磨

和那盘石碾

只有那堵矮矮的院墙

和那方土炕

安然而平静地

望着今天

站在窗前

听见村道上脚步咚咚作响

是当年那支队伍又回来了吗

还是我的无法镇定的心

在泪水里腾翻

2005 年 4 月

烈士名录

沸腾的血静止了
如同在一瞬间凝固的岩浆
在历史的深处
挽手并肩
站成一道高高的山岗

一片永远不再凋零的花
和岁月一起绽放
红的让人目眩
像晚霞
像燃烧的火
诉说战争的残酷与悲壮

一部关于生命的交响
每一个音符
都写满了辉煌
指挥的手势永远不再放下
琴弦上跳动的
是无数个年轻的梦
——悬在湛蓝湛蓝的夜空的
一束束耀眼的星光

名字是静止的
生命却永远鲜活

名册陈旧得已经有些发黄
记录的
却绝非冰冷的死亡

一棵棵白杨
每一年都在拔节
都在绽蕾
绿的流油的叶子
是对生命的礼赞与歌唱

一碗碗烈酒
是一帧帧请帖
供奉在灵前的时候
我们便走进当年的战壕
你们则回到家里的炕上

生者对死者的敬意
像这方土地一样厚重
像巍峨的太行
——千山万壑
——铁壁铜墙

轻轻地
轻轻地合拢名录
眼前冉冉上升
一轮蓬勃的朝阳

2005 年 4 月

桂花

八月
大别山里的桂花开了
金色的风
忽而
把浓郁的芳香推得很远很远
忽而
又拉得很近很近

桂花开放时节
所有的生命
都走进成熟
连同路边铺着一层轻霜的草叶
连同鸟儿落下的一片五彩羽翎

是黎明前闪过的一片曙光吗
还是唤醒群山的万户鸡鸣
桂花
在浸泡了穷人的血泪之后
在饱吮了穷人的苦难之后
一夜怒放
和揭竿而起的旗帜一起
遮天蔽日
然后
用青铜一样凝重的历史

为苍茫群山

赢得无上光荣

从此

桂花便成为革命的象征

还记得《八月桂花遍地开》那支歌吗

为了一个新的世界

这里

哪　块石头

没磨砺过闪亮的大刀呢

哪一片树林

没集结过攒动的人马呢

扩红

扩红

为把握自己的命运战斗

为创造美好的未来牺牲

桂花盛开时节

大别山属于鄂豫皖的红军

是岁月的云彩太多

掩埋了当年的山径

还是历史的墙壁太厚

挡住了曾经回荡穹庐的歌声

今天

我从山中走过

没有看见漫山遍野的红旗

没有听见喧嚷鼎沸的人声

小溪

桂
花

红色岁月　红色历程　红色史诗　红色经典

是静静的

树叶

是静静的

那支穿着草鞋的队伍已经走远了

连同红旗上的锤头镰刀

和一簇一簇灿若云霞的红缨

此刻

我站在一株桂花树下

树干遒劲年迈

而花朵却无比饱满和年轻

我知道

它是在昭示生命的意义

讲述关于中国的故事

主题是

革命

2009 年 11 月

太行走笔（四首）

再也走不进那场战争

即便此刻就蛰伏于阵地
也无法走进那场战争
或者
草丛里还能寻得见弹片
或者
泥土中还能闻得到血腥

这两军曾经对垒的地方
被绿树和青草覆盖着
被蝉鸣和莺啭喧闹着
枪炮声
厮杀声
离我们已经很远很远
曾经的千军万马
曾经的电闪雷鸣
如今
要靠作战地图
以及讲解员讲述了无数次的讲述
与我们的想象
合成

只有这峰峦叠嶂

一次又一次
用它的苍莽逶迤和雄风浩气
让所有来到这里的人们
血脉贲张
激情汹涌

走不进那场战争
却记住了那场战争
记住了什么叫生死存亡
什么叫血肉长城
记住了山一样伟岸的先辈的魂魄
记住了日月一般高洁的前人的忠勇

还有山谷里四季流淌的
清澈的涧水
那是一部永远都在演奏的乐曲
曲名就叫
民族战争

突围

突围是绝境也是生机

八方包抄
四面合围
在死神据守的地盘上
用性命搏杀性命
用鲜血涤荡鲜血
然后
撕开一条

能够托举太阳的口子

此刻
我们就走在当年突围的
山谷里
想象前堵后追
想象人喊马嘶
想象刀枪撞击
想象血染旗红
想象最后一个身影和硝烟一起
消失在涧口
让偌大的战场人去山空

如今
被战争切割过的山山岭岭
依然是峭壁如铁
依然是巉岩嶙峋
涧水哗啦啦地流淌着
鸟儿脆生生地鸣叫着
还有一阵阵的风
抚摸着我们的头发和脸颊
仿佛昨天的历史
在今天的山谷里穿行

走出山谷
一片谷子和玉茭茁壮而高大
饱满的穗子
沉甸甸的穗子
是一个民族的传奇
和赞歌

队伍走远了

队伍走远了

留下了壕堑
叫做战地
留下了营帐
叫做旧址
留下了一首首歌
从对面的山沟沟里
唱到圪梁梁上
从圪梁梁上唱到太原府
唱到北京城
还有浸在泥土里的血
和化做泥土的断肢
被人们写成诗歌和戏剧

我知道
那支走远了的队伍
至今仍常常想起这片土地
想起母亲般的房东大娘
想起盖在伤员身上的老棉袄
想起吱吱嘎嘎的支前的车轮
是怎样辗过硝烟
把革命推进城市

今天
我又一次来到这里
这里已经没有了青铜的震响

和山岳的呼啸

但我能触摸到怦怦的心跳

能看到一只只雄鹰

用它强健的翅膀

抚摸那些沉重的

从血管里流出来的往事

前方崖上

有一片野菊开得正旺

当年

它们就是这样绽放的

它们也是历史

和记忆

山西民歌

比太行山还要古老的

是山西民歌

在黄土里翻滚了一千回

在黄河里浸泡了一万遍

穿越兵燹血火

熬过人祸天灾

长成一方土地的精魄

和灵魂

唱桃花

唱杏花

唱糜子

唱玉茭

红色岁月　红色历程　红色史诗　红色经典

把忧愁唱成意志

把苦难唱成信心

飘到天上

是照亮岁月的日头

落在地上

是祖祖辈辈的脚印

在武乡

在八路军纪念馆里

我看到一支支出征的队伍

随队伍出征的

还有山西民歌

和《义勇军进行曲》一起

在炮火硝烟中飞旋升腾

然后

在一面火红的旗帜上

凝成耀眼的金星

今天，我又在武乡聆听山西民歌

这是从歌手的胸腔里爆出来的

忽如溪水潺潺

忽如大河奔腾

高奏低徊

柔情万种

唱不尽的大千世界悲喜人生

明天

我就要离开武乡了

山西民歌

我要带着你远走四方

去拥抱漫漫长路上
一个黎明
又一个黎明

2017 年 8 月

归来赋（六首）

——写在第六批在韩志愿军烈士遗骸归国之际

题记：解放军报沈阳 4 月 3 日电　记者康子湛、实习记者李姝睿报道：
3 日上午，第六批在韩中国人民志愿军烈士遗骸由我空军专机从韩国接回辽
宁沈阳，10 位志愿军烈士英灵回到祖国。11 时 36 分，我空军一架专机平
稳降落在辽宁沈阳桃仙国际机场，机上载有 10 位志愿军烈士的遗骸及 145
件遗物。专机进入中国领空后，两架战斗机全程护航，用空军特有的方式
向志愿军烈士致敬。

从 2014 年至 2018 年，韩国已向我国移交 589 位志愿军烈士遗骸。

归来

裹着绑腿背着背包扛一支步枪

便跨过了鸭绿江

归来却用了半个多世纪

我知道

在炮火呼啸的那个瞬间

你们的记忆便凝固了

连同弹片的嘶鸣

鲜血浸透了的呐喊

都在那个瞬间凝固了

千里万里之外

凝固的还有父母的身影
站在村口
望那忽近忽远的寒烟冻云
树叶
落了一回又落了一回
父母的心
凉了一回又凉了一回

以为你们再也不会跨过那座江桥
以为你们再也不会看到家乡的烟缕
今天
你们回来了
是祖国派专机接回来的
是战友用战机迎回来的
而后
是一个民族以最庄重的仪式
为自己的儿子立碑
造园

这一天
中央电视台播发这条新闻时
有许多人和我一样
泪水一直在眼眶里打转

遗骸是零碎的
灵魂是完整的
一部关于生命的奏鸣曲
将永远在我们心中回旋

红色岁月 红色历程 红色史诗 红色经典

冻土

被酷寒封闭半个多世纪的冻土融化了
融化的冻土中
露出士兵的遗骸

这是被我们称作三千里江山的地方
金达莱在盛开
长鼓在敲击
历史从花蕊里从音符间
一步一步跋涉
走到今天

是因为当年的烈焰熄灭了
还是冻土下面
那些钢铁一样坚硬的骨骼
萌发出新芽

我不知道
冰雪什么时候还会覆盖头颅
冻土什么时候还会窒息生命
但我想知道
什么时候我们的泪水才会只有甜蜜
而没有忧伤
无论是江河还是湖海
彼岸捧出的是花束
是孩子稚气的笑容
是优雅的演奏与动听的合唱

最后一声呼喊

是你的最后一声呼喊
唤来排山倒海般增援的炮声
你的生命也就此定格在历史教科书里
化作旗帜上一抹永远不会褪去的
鲜红

要是讨论昨天的战争
今天的人们都会怎样发言
会不会像我们当年评说弓弩
评说刀剑
像在长平
翻检被岁月销蚀的白骨与箭矢
像在赤壁
寻找被浪涛淹没的橹棹帆樯

历史
每一页都是和着鲜血写成
翻开来就会闻见一股子腥咸
只有那张已经发黄的作战地图
面孔依然和当年一样冰冷
铺开来
那最后一声呼喊
和随之而来的炮声
就会在耳边轰响

对于生命
每个时代都有每个时代的认知

他们是紧紧联系着的

不可切割的

他们之间有密码

有一个民族的气节和基因

骨灰里的弹片

从一位老兵骨灰中

我们捡出这枚弹片

他活着的时候

一到阴天下雨

弹片就会咬噬他的神经

让他想起倒在异国他乡的

战友和兄弟

在战场上

每一个士兵和每一支枪

在某一个时刻

都可能成为战争的主体

所有流血都是悲壮的

在身体中藏储了几十年的弹片

是战争的另一种记忆

我想

该把这枚弹片供奉起来

春天它会绽蕾

秋天它会结籽

它会时时刻刻提醒我们

思考战争与和平

这个浩大而又沉重的课题

要让柔弱的心都坚强起来
让脚步不再蹒跚
即便是走进沼泽攀登山崖
每个脚印下面
必须留有腥红的血渍

只有这样
才能配得上战士的称谓
无论是生
无论是死

染血的旗帜

这是一面染血的旗帜
曾经飘扬在战场上作为国家的象征

静静地
它躺在博物馆里已经数十年了
每一天都在接受这座城市的缅怀
和致敬

用目光抚摸旗帜
每一根纤维都有硝烟在弥漫
你会看到冲击的队伍
像风一样掠过像浪一样卷过
旗帜引领着勇猛的兵士
引领着夺取胜利的意志和信心

旗手倒下了
旗帜不会倒下
一腔血
只会使旗帜更加凝重鲜红
为了浇灌明天的花朵
血渍
是永远褪不掉的战争痕迹

今天
我们在博物馆里
用心丈量生与死的距离
染血的旗帜是一部大书
读懂了旗帜
你就读懂了历史

衣冠冢

比赞歌比诗更凝重的是泥土
是用泥土堆起来的这座衣冠冢

儿子回不来了
便将部队送来的一顶军帽
和烈士证
埋进墓穴
这就是父母和故乡的思念了
然后
烧一炷香
燃一沓纸钱
完成一个家族的遗训和礼仪

后来

衣冠冢周围栽了许多树

渐渐

树长大了

风吹来的时候

树就开始唱歌

而树叶枝梢会有泪珠滴下来

打湿心中永远的疼痛

再后米

父母也去了

衣冠冢便成为村庄的一个传说

我曾到过那片林地

那里的一切都无比肃穆神圣

每一株草

每一朵有名的无名的小花

都是最忠实的陪伴者和守护者

每天

它们彼此都会进行对话

内容包括

得失、成败、功过、荣辱

怎样才能使生命更加灿烂

怎样才无愧这片土地

2018 年 4 月—6 月

读碑（四首）

血性

是因为听不见枪与枪的撞击
听不见虎啸鹰唳马嘶风鸣
还是看不见烽燧狼烟
看不见那支羽箭携带着的
十万火急的军情

远离了骨头垒成的壕堑
头盔上的凝血再也没有结成红冰
今天
我们又在谈论血性

血性是固守时的坚韧和强硬
血性是冲锋时的无畏和勇猛
血性是用自己的胸膛抵挡风暴
呵护脚下这片土地的安宁

血性不屑私欲
有私欲的人不会有血性
血性靠信念支撑
没有信念
生命就成了废铁而不是青铜

不缠绵鲜花娇艳

不留恋美酒香醇

泼一腔血

换蜜一样的日子

每一棵禾苗都会感激我们的生命

祖国

无论集结号什么时候吹响

血性都会立即和灵魂结盟

你听

脉管里奔腾的是雷是电

是士兵的骁勇

在等待验证

读碑

读每一座碑都需要仰视

因为身躯在地下

灵魂在天空

用手去抚摸碑

碑是烫的

烈士的血

什么时候都不会停止沸腾

用脸颊去亲近碑

碑会流下泪滴

那是砝码

测试我们的生命

是重

是轻

分列式

是太阳在检阅群山
检阅浩浩荡荡的长河

方阵
炮塔
导弹
车轮
连同士兵脸上的汗珠
闪耀的都是太阳的光芒

携千年雷火
携自信与尊严
一个民族的力量
在世界的瞩目下开进

庆功酒

庆功酒是对生命的膜拜

无论士兵
也无论将军
只要骨头断过鲜血流过
只要在硝烟里走上几个来回
就有权利端起这酒杯

庆功酒是可以喝醉的

喝醉

是为了询问那颗子弹

为什么不是穿透自己的心脏

让长眠的战友

独自冷对那轮边地明月

庆功酒是苦的

酿造它

用了太多的血

庆功酒是昭示

喝过它

骨头就成了最强硬的骨头

还有一部强硬的人生

　　　2016 年 2 月

战争漫想

多少次了

只要有橄榄枝在不停地摇动

便会有方舟靠岸、停橹

便会有一个民族向一个民族真诚地忏悔

一个民族向一个民族表示宽容和大度

无休无止循环往复

自从人类有了火种

有了青铜铸鼎

冷铁锻矛

有了欲望如深深的峡谷

千百年来

战争与和平像日落月出

犁铧耕耘

厚土掩埋弹片

良田泼血

阡陌变成冲击的道路

一些人刚刚解甲归田

一些人又被战神驱使和招募

界碑

纪念碑

一切一切的碑们

有时

不过像赌徒手中的骰子

在偌大的地球上任意抛掷

当然，会给一些人永远的骄傲

也会给一些人永远的痛苦

如今

不见商女隔江犹唱后庭花了

而我

却仕苦苦锻打关于战争的诗句

我知道

作为军人

是要重演历史的断章的

也知道将来

谁来重演今天的自己

我想

战争就在我身上止住该多好

哪怕七尺之躯

在瞬间变成一抔边土

真的如此，世界会不会变得过于平静

过于平静会不会成为一潭死水

三尺长剑斩不断纷纭思绪

蓦然对镜

两鬓又添白发几许

1985 年 6 月

雨中弹盔

它是我从战地带回来的
它是一次过去了的战争

霏霏雨湿时
举它于雨地里
让晶亮的雨丝撩拨它
让透明的雨点击打它

于是
在光闪闪的雨帘中
便闪现出芭蕉桐叶
闪现出工事堑壕
闪现出一万次的坚守
和一万次的冲锋

枪声炮声里
烈火硝烟里
一顶钢盔
标识着生与死的距离
注释着杀戮的雷暴与和平的熏风

在我的书架上
它便是辛弃疾挑灯察看的剑
它便是苏东坡射罢天狼的弓

和老子的《道德经》

和马克思的《资本论》

和小说

诗歌

戏剧

散文

一起铺设人类跋涉的里程

每当细雨纷纷

我便轻轻弹盔

如古人击节

将那些"烽火高台""关河梦断"

将那些"华发苍颜""万里江山"

一遍又一遍地吟诵

既然我们这个世界还不平静

钢盔便不是一件摆设

因此

在铸造犁杖的同时

必须用一部分钢铁铸剑

铸一顶顶钢盔

以备沙场

再度点兵

1994 年 10 月

一条又一条的沟壑
一座又一座的山峦
那些枯了又荣荣了又枯的植被
那些倔强坚硬峥嵘嶙峋的石头
如同我们的历史

卷三

走南走北

北方的山

像边塞诗一样苍凉
穿过漫长岁月
在斑斓的秋色里
波涛般涌进我的视线

一条又一条的沟壑
一座又一座的山峦
那些枯了又荣荣了又枯的植被
那些倔强坚硬峥嵘嶙峋的石头
如同我们的历史
庄严
神圣
坎坷而又艰难

因为山高
天便显得矮了
夜宿农家
挂在窗前的月亮真的成为玉盘了
云彩掠过
拂下串串珍珠
流成林中那条潺潺的清泉

黎明时分
启明星拉开生活的大幕

群山成为剪影

雾气岚烟里

走来的不是跋涉的驼队

而是唱着歌的日子

一曲比一曲动听

一曲比一曲香甜

啊

北方的山

没有杜鹃翠竹

没有琵琶箫管

剽悍

大气

热血千载不竭

豪情万世不减

2012 年 11 月

京西古道

星星是蹄铁溅起的火花吗
明明灭灭
映照着古道上深深浅浅的蹄窝

那时这里没有路
也没有驿站和农舍
只有飞鹰流云
只有盛夏的蝉鸣和隆冬的积雪

是那些勇敢的商队和行旅
是那些坚定的游僧和香客
赶着一链子骆驼和骡马
日复一日
年复一年
用坚韧和信念
在大山的脊背上
书写着和大山一样厚重的史册

蹄铁磨成齑粉
蹄窝拉长岁月
歌谣在山里开花了
日子在山里开花了
古道旁
站起来一个又一个村落

连绵起伏的群山

蜿蜒崎岖的古道

运送过煤炭

盐巴

酒浆和谷穗

运送过绒线

顶针

布匹和茶叶

生活有多少甜蜜

古道就有多少甜蜜

生活有多少苦涩

古道就有多少苦涩

今天

我们在古道上走走停停

企图破解那些淹没在蹄窝里的秘密

希望能找到一块陶片

或一截绳索

它们是先人的故事

或者悱恻缠绵

或者惊心动魄

2012 年 11 月

山村

家家枣树
处处古槐
用石块做砖
石板做瓦的山村
门前有石磨碾子
有紫藤
用青石铺地用石槽盛水的山村

是什么时候
又是谁
把马蹄留在了这里
把脚步留在了这里
从此
这里有了春花吐蕊
有了秋实满枝
古老的大山有了梦
有了民谣和戏词
你唱我和
从古到今

而今
山村成为一块化石
天南地北的游客
来这里嗅石头的味道

青苔的味道
读前人留在这里的
断简残章片羽只鳞

谁家正酿新酒
飘来阵阵甘甜和香醇
在枣枝上停留了一下
在磨盘上停留了一下
接着
整个村庄的脸都变红了
半是羞赧
半是兴奋

2012 年 11 月

峡谷

有多长的绵延山峰
就有多长的险峻谷底

啊
拥抱新草
也拥抱古树
拥抱秋月
也拥抱春日
拥抱流云长风血火雷霆
也拥抱青铜冷铁商队马蹄
的峡谷

此刻
我从峡谷走过
天
变得很窄很窄
鹰在山巅上盘旋
鱼在涧水中游戏
崖壁上
不知名的小花开得正旺
像大朵大朵的朝霞
显示着勃勃生机

每一条峡谷都流淌着历史

一头

连着五彩斑斓的今天

一头

牵着苦辣酸甜的往事

2015 年 11

回家

题记：麋鹿，珍稀动物，曾广泛分布于我国各地，汉代后几近灭绝，元代始将剩余的麋鹿捕捉至皇家猎苑内饲养。1900 年入侵北京的八国联军将皇家猎苑内的麋鹿悉数运走，自此麋鹿在我国消失。1986 年 8 月林业部与世界野生生物基金会合作，从英国伦敦的七家动物园引种 39 头麋鹿到大丰保护区。如今，繁育总数已达两千余头，成为世界最大的重返自然的野生麋鹿园。

一条回家的路
走了八十多年

多少次风雨霜雪
多少次离乱动荡
两个大陆之间
横亘着一道深深的鸿沟
你站在彼岸遥望故乡
那对美丽的角
还有那有力的四肢
和野性的精血
每一刻
都发散着对故乡的思念

思念呦呦鹿鸣青青蒹葭
思念芦花似雪云舒云卷

思念是梦

越过山脊

海面

在落霞残照中

亲吻远隔千里万里的

鸡鸣

炊烟

终于

你回到了故乡

又能在清风明月中

欢快地跳跃

奔跑

吟唱

姿态千种

雍容而悠然

你还记得这片树林吗

——挺拔的枝柯

——繁茂的树冠

你还记得这片草滩吗

——枯了又荣

——荣了又枯的草滩

云雀也飞回来了

鸿雁也飞回来了

生命重新聚集成一条大河

在散发着清香的土地上

书写着一部关于物种繁衍的

美丽诗篇

麋鹿吆麋鹿
麋鹿是一个凄婉的故事
在大丰
我听到它动情的诉说
像风
像雨
一阵阵击打我的心弦

2013 年 11 月

花海

题记：大丰县新丰镇以宏大的气魄，集全镇之力，种植了一千余亩的鲜花，使昔日的盐碱滩成为远近闻名的一道亮丽风景。

这里曾是泛着盐碱的土地
连路边的野草
都摇晃着荒凉和贫瘠
没有鲜花
没有五彩斑斓的颜色
只有寥廓长天
孤寂树影
伴随苦涩而单调的日子

没有花的土地
怎么能生长自信
怎么能收获欢乐的种子
和饱满的果实

于是
一次伟大的创造开始了
乡亲们用握惯了犁杖和锄头的手
侍弄花草
用汗水
胆魄
和智慧
向泥土讨要幸福

讨要甜蜜

一份耕耘
一份收获
终于
没有鲜花的岁月成为历史

当春雨在花瓣上洒满露珠
当柔和的风
传送着阵阵清香
天和地骤然变得豁亮起来
笑声
不再离去
歌声
不再离去
从此
伴随生活的
是颤动的琴弦
是美丽的诗句

啊
花海是一个昭示
只要有梦
有信念
意志
明天
会比阳光还要灿烂
未来
会比鲜花还要美丽

2013 年 11 月

淮安掠影（四首）

故居

在淮安看周恩来故居

如同阅读一部天书

我不知道

是该寻找那串幼稚但却坚定的脚印

还是该寻找大雁飞走后

留下的片片翎羽

所有的语言在这里都变得苍白

连同眼眶里溢出的

晶莹的泪滴

如今

叫故居的所在太多太多

太多的故居都长成了青草

长成了野花

只有孩子们采撷浆果时

才会吸吮到一些

历史的记忆

而这里不然

这里

从迈进门槛那一刻起

一砖一瓦

一草一木

都会给你讲述

一个家族和一个伟人的往事

还有那棵腊梅

遒劲的枝干

幽幽的暗香

时时刻刻都在告诉我们

什么是纯粹

什么是高洁

什么是追求和价值

轻轻地

我走到门外

一条石路正伸向远方

我看见

那个让一个民族刻骨铭心的身影

看见巍峨的山

和滚烫滚烫的土地

聆听一千多年前的桨声

大运河流淌了一千多年了

一千多年前的桨声灯影

离我们

已经很远很远

然而

只要轻拂水面

就能看到融尽所有苦难的

艰辛

和奔波动荡的

岁月

一条河
一个一锹一镐生生挖出来的河
从此
有了南来北往的船队
两岸的炊烟
有了孩子们用苇叶卷成的
一支支芦笛
有了码头和集市
有了争夺和抢掠
刀也嗜血
剑也嗜血

啊
运盐　运米　运茶　运丝
运建筑宫殿的木料石材
运皇帝
大臣
和太监宫女
一条船载负着月亮的阴晴圆缺
载负着一个又一个王朝的盛衰兴替

百姓把这叫日子
学者把这叫历史

此刻
我站在运河岸边
谁能告诉我
当年那长长的船队
和云一样的帆篷

如今
正在哪里靠岸
又在哪里点燃一簇火苗
照亮岸边的茅舍和竹篱

风来了
雾又浓又湿
它是从历史深处飘来的吗
要不
怎么混合着一阵阵甘甜
和一阵阵腥涩

向南向北

　　淮安南北分界线标志建于古黄河上的红桥正中也即河道中心线，标志为一球形建筑，行人从中穿过，跨越南北，意味南北气候由此分界。

只是因为秦岭
只是因为淮河
只是因为有风吹过
有雨飘过
于是
有了这样一座建筑
在黄河古道上
切割着一年四季寒暑凉热

南方北方
北方南方
吴侬软语
老腔长歌

向南
是修竹茂林丝弦箫管
向北
是梆子锣鼓唢呐铜钹

几百年过去了
几千年过去了
岁月传递坚韧
土地生长智慧
虽然枳还是枳
虽然橘还是橘
甜蜜和欢乐是一样的
收获和硕果是一样的
南北分界分不开甜蜜和欢乐
分不开收获和硕果

太阳落下后
灯火亮了
把寒夜照彻
把周天照彻
如万顷禾苗簇簇拔节的
是我们的生活
是我们的祖国

一只碗和一粒黄豆

苏皖边区政府旧址纪念馆陈列着当年选举使用的一只碗和一粒黄豆。

在太阳下面
在蓝天白云下面
在所有的目光和期待下面
用一只碗
和一粒黄豆
进行边区政府的民主选举

每一张脸笑得都是那么灿烂
每一个人都把黄豆紧紧攥在手里
一粒黄豆就是一颗心
放到碗里
便是交出全部的信任和期冀
黄豆不再是黄豆了
它是一个标志
是革命进程中的一段路
和一支进行曲

那天阳光很好
我站在被人们称为旧址的
边区政府的院子里
面前
有一株老树
高大
茂密
见证了昨天

也见证了今天
老树是一部大书

把权力交给人民
把信任交给人民
一只碗和一粒黄豆
给了我们一个
永远的启迪

2015 年 1 月

观上党鼓王苏长安击鼓

题记：苏长安，因击鼓而得名，人称上党鼓王，观苏长安击鼓是 2012 年 6 月，时苏长安已 61 岁。

你用六十年的光阴
把这面皮鼓
融进自己的生命

鼓槌击打鼓面
如骤雨击打长空
树木
花朵
连同每一株野草
都在鼓声中摇动起来
舞蹈起来
伴着激越的唢呐
伴着滚烫的铜锣
一起汇成
这搅沸人心的万方奏鸣

我的血像要涌出血管
所有的筋脉
都在爆裂
因为这惊天动地的鼓声
因为鼓声点燃的

澎湃激情

啊啊

鼓声是你的生命

鼓声是我的生命

鼓声里有说不尽的艰难坎坷

有崎岖的路

和峥嵘的岁月

有我们共同走过的

人生历程

掌声响起来了

鼓声沉寂下来了

我们的眼泪也涌出来了

扬起脸

婆娑的泪光里

我看见一片澄澈的天空

上党鼓王

你这神奇的精灵

只有黄土地

才能谱写这样神圣的音响

只有太行山

才能容下这样豪放的鼓声

2012 年 6 月

上党八音会

题记：上党八音会是一种民间吹打乐，乐器主要为吹奏类、拉弹类、打击类，起始于夏商，形成发展于元明，兴盛于明末清初，在山西东南部长治、晋城一带广为流传，为国家级非物质文化遗产代表性项目。

八音会是北方的山
北方的河
是黄土塬上一道又一道深深的皱褶里
爆出的壮丽交响

听八音会
像饮下一碗烈酒
五脏六腑顿时燃烧
心就会随着
那唢呐
那鼓点
一起穿越几千年的历史长廊

北方不是江南
北方没有缠绵的丝竹
没有摇碎湖面月光的船橹
八音会
是北方汉子的呼喊
凄婉中透着奔放和刚烈
秦皇古道

汉宫残墙

陶片和铜镜

和一枚枚锈蚀的箭镞

表现着北方的侠义和刚强

乐曲进入高潮时

鼓手便舞动起来

乐器也舞动起来

如太行起伏黄河浩荡

只有琴手伏着身子

生生把琴弓拉成一弯月亮

听八音会

我认识了上党

认识了何为天下之脊 [1]

以及历史在这里留下的

辉煌篇章

2016 年 6 月

[1]《国策地名考》曰：“地极高，与天为党，故曰上党”，又称“天下之脊”。

窑洞

窑洞里寒意十足
透过破碎的窗棂
可以看见一枝开得正艳的红杏
主人搬迁到塬下去了
那里建起一个个崭新的村落
和一个个崭新的院落
他们将在那里
开始崭新的生活

我是来寻找民居变迁的脚步的
塬上塬下
日子是在脊背上流淌的
几百年来几千年来
一代又一代人
把窑洞里的时光
锻打成教科书上的
沉重话语

土炕上
那领铺了若干年的苇席还在
而门口
那条没有随主人到塬下的花狗
满眼都是对我们这几个不速之客的
疑虑

老日子总是要渐渐远去

尽管有些难舍难离

新日子也早晚会走到近前

肯定会有些陌生

有些不适

因为

这是要和昨天

做一个彻底的诀别

一半的心在窑洞里扎根

一半的心在新居里抽枝

2018 年 10 月

老槐树

主人搬走了
老槐树搬不走
搬不走的老槐树
成了窑洞的一个地标

茂密的树冠上
每一根树枝都摇曳着一串槐花
或香或甜或苦的梦
做了一年
又做了一年

这里四季少雨
土疙瘩干得一捏就成了面面
老槐树就在这面面下扎根
只消一串雨点
就能让它滋润一年
而历史
就从它一圈一圈的年轮中穿过
矗立成这座黄土高原

此刻
我想问问老槐树在想些什么
是在想念主人走远了的身影
还是想在窑洞里闪烁的那盏油灯

日子就这样一步步向前向前
把过去留给了这眼窑洞
留给老槐树的每一根枝柯和每一枚叶片

从现在开始
老槐树就是一部大书了
读懂这棵槐树
你就读懂了岁月的艰辛和沉重
读懂了生活的变迁和感叹

2019 年 10 月

祖源地

题记：河北平泉，红山文化发祥地之一，素有通衢辽蒙，燕赵门楣之称，从这里走出了主宰中国北方 200 多年的契丹民族，故有祖源地一说。

祖源地不只是一片山或者一条河
祖源地是一棵大树
随意凝望一枚树叶
就能听见先人的心跳和呼吸

从遥远的刀耕火种开始
从疾驶的马蹄
以及飞鸣的箭矢开始
一个骁勇的族群
在这里创建了自己的不朽
与无上的荣誉

拓土
征伐
奔逐
迁徙
然后是血
随河水流向远方
谱成一曲又一曲民谣
和一部又一部传奇
人与人融合

族与族融合

成为今天的我

成为今天的你

踏上这片土地

我们仰望湛蓝的天

仰望洁白的云

呼吸清新得让人陶醉的空气

感受高粱苞米的率真

惊叹山野峰峦的雄奇

静静回忆一个民族曾经的辉煌

苦苦探寻一部史书的开篇与结局

然后挽起袖子

看自己脉管里的血

是从哪里渗出

又都流向哪里

祖源地

缭绕在心与心的琴弦上的

让人痴迷的神曲

2014 年 10 月

开封与宋词

宋词有什么样的个性品质
开封就有什么样的个性品质

春花秋月
碎萍桂子
风疾浪高的黄河
南去北归的雁翅
都在宋词的平仄里
都在宋词的音韵里

啊
宋词
有血有泪的是你
有怨有悲的是你
丝弦箫管寒蝉苦雨
烟光残照锦襜突骑
说不完的三吴风景姑苏台榭
道不尽的市列珠玑户盈罗绮
繁华也好
鼎盛也好
江山还是被撕裂了
皇帝还是被押走了
幸好有一幅清明上河图
留下了一个王朝的

骄傲和记忆

今天你要是来到开封
依然会听见有人一遍遍地读着宋词
一遍遍地讲述那些
正传、野史、评话、传奇
大街上有轿车驶过
橡胶轮胎没有知觉
感受不到这厚厚的黄土下面
掩埋着多少爱恨情仇雄心私欲

宋词融在开封心里
开封是宋词最好的注释
日日夜夜
月月年年
注释着那些兴替盛衰
注释着那些喜剧悲剧

2015 年 7 月

汴水

如今寻找汴水
只能到白居易的诗词里去了
可我总是能听到
汴水上的涛声桨声

隋炀帝的龙舟一去没有回来
宋高宗断了漕运的通道
却方便了金兵的马蹄
汴水没有了
大宋的江山也没有了
一条河流的命运
印证了一个王朝的命运

我曾经一次次地想象汴水的样子
两岸垂柳一河舟楫
水面倒映大块大块的云朵
浪涛夹杂着河南梆子
河南坠子
夹杂着泥土般清醇的豫东乡音

流淌着
流淌着
汇入泗水
汇入淮河

汇入瓜州古渡

而后

干涸在宋词之中

从此

汴水成了歌谣

成了唱了几十年几百年的歌谣

角弓箭羽鹰群雁阵

小麦玉米桑枝梧桐

直到把一条河唱成一部书

唱成历史天空上的一颗流星

汴水

中原大地上一道永远的伤痕

2015 年 7 月

剑门

细雨霏霏
却寻不见陆游
寻不见陆游骑过的那头毛驴
只有涧水哗哗流淌
吟唱着李白的诗句

剑门朝南
剑门朝北
筑路者的血汗
行路人的血汗
或者被鹰翅带向天外
或者被风沙掩埋谷底

如今
人们不再感叹"尔来四万八千岁"了
不再感叹"不与秦塞通人烟"了
关楼毁过
关楼塌过
关楼修葺过
关楼重建过
只是为了历史不再断裂
为了可以用它
校验一个民族的精神和意志

穿过剑门
就是穿过一个启示
路从来就没有尽头
每跨出一步
都是一次新的开始

2015 年 11 月

翠云廊

题记：翠云廊，古蜀道上的一段林荫，树为柏树，以剑阁为中心，西至梓潼，北至昭化，南下阆中，蜿蜒三百余里，有"三百长城十万树"之称。

十万株古柏的林荫
连成了如诗如画的翠云廊

浮游在树冠上的是云
缠绕在枝干上的是雾
透过云雾
是起起伏伏的山梁
和挂在枝头的
鸟儿的歌唱

路面上的石板
被行人的脚步磨成镜子
倒映着树隙间的片片天光
路边盛开着一朵朵小花
每一朵
都能给我们讲述
发生在这里的
那些被我们称为往事的里短家长

最早铺路的人是谁

没有记载
最早种树的人是谁
也没有记载
他们不会想到这路这树能成为风景
他们只是为了走路更方便一些
人的动机
往往就是这么简单

翠云廊
有人说你是一部书稿
有人说你是一种象征
而我
只想说你是生命
有七情六欲
愁时会揽过千里悲风
喜时会轻拂万丈霞锦
而历史
就在你的绿荫下
走过一个千年
又一个千年的时光

2015 年 11 月

昭化

如果要我介绍一座古城
我第一个要说的便是昭化
被三国故事浸泡了百年千年
被历史烟云笼罩了百年千年
老墙斑驳
石路凹凸
每一间店面都挂着一盏
红红的灯笼的昭化

在这里
你看到的一切
都堪称教科书
你会听到昭化的倾诉
告诉我们
什么是大河奔流
什么是泥沙俱下

城墙斑驳
砖缝里的小草却在绽芽
那棵柏树有一千多岁了吧
一千多岁的树干上
年轻的藤萝正在奋力攀爬

不动声色的是昭化的老人

用一杆铜锅玉嘴的旱烟杆

过滤日子的酸甜苦辣

几尊残缺的石础

仰望着远去的白云

白云下边

是一片摇曳的芦花

哦哦

洒满阳光的昭化

绿茵铺地的昭化

兴衰荣枯是一把铁锤

把昭化锻打成一部神话

2015 年 11 月

洛阳牡丹

在仰韶的陶土中孕育
穿过沉重的青铜血火
花枝颤动的瞬间
摇落的是数千年的光阴

洛阳牡丹
你这美丽的精灵
鲜嫩如同露珠
娇艳如同彩虹
花瓣上闪烁的阳光
在昭示什么是圣洁
而淡淡的花香
陶醉了缕缕流云
和树林里快乐的鸟鸣

像泥土一样厚重的牡丹
像原野一样广袤的牡丹
凋零过千百次又绽放了千百次的牡丹
此刻就铺展在我的面前
它让我想起艰辛后的甘醇
和劫难后的重生
想起耕耘历史的锄头
和种植牡丹的先人

傍晚
广场上有人在唱坠子
乡情乡韵弥漫着整个夜空
我说
这就是我们的生活
年轻而又古老
甜蜜而又温馨

2011 年 4 月

船夫号子

——写在党的十八大召开的日子里

我又听见船夫号子了
如千钧沉雷
在每一道波澜
和每　条山脊上
翻卷
腾掠

昨天
也是这样一支号子
在这条大河上回旋震荡
锋利的剑和滚烫的血
碰撞着
激溅着
直到那些惊心动魄
成为不朽的史诗
光荣的岁月

今天
风
依然尖厉而强劲
所有的船夫
都在用力划动桨叶

既然航程铺在惊涛上面
注定我们要在颠簸中跋涉

历史有过太多这样的时刻
每一次都在检验我们
汗水里是否有盐
血液中是否有铁
意志
是否一如铸造历史的青铜
勇气
是否一如奔流到海的江河

此刻
船已启航
帆已升满
把号子唱得更响亮吧
这是一个民族的豪情与信心
是激励我们前进的八万面金鼓
和十万面云锣

你看
风浪正被船头碾碎
前方是红红的朝霞
是盛开的花朵和金黄的稻谷
有永远的歌声和笑声
那里
才是我们的收获季节

2012 年 11 月

唐山记忆

在唐山

每一把泥土都浸泡过血泪

每一颗石子都经历过雷火

天塌下来

地陷下去

灯光熄灭了

星星也熄灭了

呻吟抽打着人心

呼喊撕扯着长夜

然后是雨

血腥的

黑色的

刀子一样的雨

无情地切割着破碎的土地

数十年光阴倏然而逝

生命

没有枯萎

信念

没有熄灭

那些书写不完的苦难

那些倾诉不尽的悲切

先是变成建设者手中的蓝图

后来变成工地上嘹亮的号子

再后来

变成在废墟上站起来的

再生的城市

美丽

生动

雍容而又华贵

优雅而又大气

于是

唐山便成为民族的骄傲

成为激昂的歌

和动人的诗

今天

笑声和琴声

坚定与自信

在冬日的阳光下

正书写着一座城市新的传奇

而我和伙伴们

偷出半分清闲走进剧院

看清俏的皮影

听优美的评剧

品味用亲切的冀东乡音

连缀起来的畅想

和记忆

时空浩浩啊

烟云苍苍

我知道

今日的唐山

就像眼前这道帷幕

每一阵锣鼓

每一段唱腔

都在尽情展现唐山人的坚强

智慧

展现怎样将昨天的梦想

变成壮丽的现实

2010 年 11 月

瞻唐山大地震遇难者姓名纪念墙

二十四万多凝固的生命
铸成这道碑石一样的墙壁

此刻
初冬的风正卷过大地
树叶在飘落
草叶在枯萎
连同那个夏夜的暴雨
雷电
撕裂的天空
断裂的山岩
一起成为这座城市的背景

所有罹难者的姓名都镌刻在上面
所有幸存者的情感都寄托在上面
雄浑
苍凉
坚强
伟岸
可比三山
可比五岳

轻轻地
我走到墙前
伸手抚摸那些没有了呼吸的姓名

冰冷

悲凉

凄清

苦涩

生与死的距离

瞬间与永恒的距离

近在咫尺

我知道

所有的苦痛

挫折

连同一座城市的信心和意志

都存储在这长长的纪念墙中

生活翻开了新的一页

纪念墙就是见证

就是最清醒的记忆

只要你矗立着

对于我们这个世界

就是启示

在风雨摧残之后

在灾难降临之后

最重要的

是昂起头颅

是挺直腰杆

是把手臂挽在一起

是把心连在一起

2010 年 11 月

黄土黄

> 有一把黄土就饿不死人
>
> ——谚语

黄土黄哦
黄土黄
连一条黄河逶迤蜿蜒
连一座高原莽莽苍苍

西望昆仑
东望大海
掬一捧黄土
吟玉门行旅大漠孤烟
唱天上之水朔风草堂

黄土是从祖宗的指缝里漏出来的
黄土是黄河几千里一路冲下来的
如今
黄土依然
腰鼓依然
信天游依然从浪尖上跃起
从百姓的心窝里跃起
一个永恒的信念
生长了一千年又一千年

在老榆树下

伴着黄河的涛声浪声

我和扎白羊肚子毛巾的老人聊天

看他长满老茧的手掌

和像黄河一样艰辛的面庞

身边走过嘻嘻哈哈的婆姨

和穿着鲜艳的姑娘

他们

谁更能代表我们这个民族

代表我们这个民族刚正的意志

和刚正的脊梁

案几上

有红红的枣和红红的苹果

有茶

热气熏人香气醉人

有瓜

脆得迷人甜得馋人

有小米红薯土豆和麦子

它们都是黄土地给我们的

他们是我们生命的基础和保障

最苦最难的日子已经过去了

纯净的汗和纯净的血

正在黄土地上浇灌新的梦和新的希望

现在让我们栽下一株株禾苗

用它青青的叶子

迎接火焰一样美丽的霞光

2000 年 2 月

灞桥

兵车真的已经走远了
可我分明看见
辚辚车马在鼙鼓和管号声里
正在通过灞桥
还有三三两两的商旅行僧
还有七七八八的武将文官
正洒酒壮行
正折柳揖别
给灞桥继续增添
无尽的惆怅和无尽的萧瑟

西出阳关就是从这里起步的么
誓破楼兰也是从这里起步的么
匆匆地来
也匆匆地去
终于
风抽着它
雨打着它
血与火和着雷与电
把灞桥折磨成
一个让人无比伤感的词汇

如今
桥下的水已经很浅很浅
浅得难以再养活几只虾和几尾鱼

苍苍凉凉云低雾重
再也听不见撕心裂肺的胡笳羌笛
黄河已经浑浊得和泥浆差不多了
泾河与渭河也不再那么分明
灞桥
你桥下没有了滚滚波涛
便成为再自然不过的事情

应该感谢的倒是那一丛丛芦苇
冬天用灰白的芦花
夏天用翠绿的苇叶
在近乎干涸的河滩上
证明着历史的变迁
证明着文人墨客留在这里的
诗词与歌赋

于苍茫暮色中
我走进桥头的一处小院
那里
有几方碑碣和一座亭阁
在现代都市的一角
为古老的灞桥作着最新的注释

远处
高速公路车如流水
历史走到了今天
今天又走进了历史

2000 年 2 月

秦皇陵

南方的才子北方的将

陕北的黄土埋皇上

——民谚

秦皇陵也是用黄土堆起来的

用细细的土

堆像山一样的陵

据说

土要用锅炒熟

据说

给嬴政炒土的时候

柴烟熏黑了整个临潼

临潼熏黑了土依然是黄的

依然有草疯长

有树扎根

有来来往往的秋虫春燕

日夜叩问土下的魂灵

那颗雄霸天下的心

现在已经平静下来了吗

北方的胡茄

南方的羽箭

让整条咸阳道都震颤的马蹄

是否还时时让他忧心如焚

一千年过去
两千年过去
踩一条小道直通陵顶
游人如织上上下下
来感受历史不落的烟尘

当然还有叫卖
卖那些泥烧的陶俑
卖那些仿铸的铜鼎
一部历史便摆在印花布上
让你随意带它们走出潼关
去显示陕北高原的深邃和雄浑

皇帝死了
皇帝的梦却永远年轻
那些树可以证明
那些草可以证明
神秘比真实诱人
历史比现实沉重

2000 年 2 月

观兵马俑

每一尊陶俑都是一次天问

把岁月的帷幕撩开
黄皮肤的匠人正用黄土黄水
搅拌着自己的技艺
与帝王的威仪一起
塑造一个王朝的荣耀和梦想

不能再"收天下之兵聚之咸阳"
于是
便用一个又一个的作坊
制造一方又一方泥塑的军阵
再征调四蹄踏雪的汗血马
再打造铜裹金镶的车辇
于深深的地下
部署走向另一个世界的仪仗

项羽的头颅和肢体
换成了汉家宫阙的一顶顶乌纱
阿房宫的大火
煮熟了始皇帝的梦
心死了
自然无法再发芽生长

观兵马俑

在相互交织的灯光下
望那些整装待发的军士
想象他们横扫六合之后
如何无奈地站成一尊雕像
还有那些被历史挤压的残片上
至今没有消失的血滴和泪滴
在向我们传递着什么样的信息

手扶栏杆
站在俑坑边上
眼前翻卷着历史的云烟
云烟里钟也在响
鼓也在响
似泣似诉似叹似唱
问谁有补天之手
缝历史断裂之痕
作当年辉煌文章

2000 年 2 月

天堂寨

　　题记：天堂寨，位于安徽省金寨和湖北罗田、英山三县交界处，海拔1729.13米，系大别山第二高峰。古曰"吴楚东南第一关"。

对于一座山
还有比这个更好的称谓吗

没有古堡城堞
没有弯弓长剑
没有那么多被烟云浸泡的残句古歌
充填浩繁的史籍经典

林海的尽头还是林海
山峦的尽头还是山峦
云
白得迷人
天
蓝得耀眼
瀑布昼夜在山谷里流淌
翠鸟四季在涧水上鸣啭
天堂寨
用它最美丽的语言
向游客诉说流失的岁月
和变迁的人间

呵

坐拥江淮的天堂寨

襟带吴楚的天堂寨

天与地之间的

宇宙与星球之间的

一幅浓墨丹青

一部让人们动容的美丽诗篇

风来了

柔和

绵长

树梢开始舞动

峰峦开始舞动

所有的石头和所有的草叶

都舞姿翩翩

历史也在这个瞬间复活了

烟尘

火

汗水和血水

希望与智慧

编织着

关于天堂的梦幻

　　2009 年 11 月

迎江寺

题记：迎江寺，位于安庆市东门，濒临长江，建于明万历四十七年（1619 年），门两侧各置铁锚一个，重约三吨。据说，安庆地形如船，塔为桅杆，担心安庆会随水东去，故以铁锚镇固。

滚滚长江东逝水
浇不灭迎江寺里的烟烛

每天
都有众多的香客接踵而至
香火缭绕之际
木鱼声声
钟鼓声声
佛祖轻捻指尖
尘埃落下
成为厚厚的历史

啊
朝露晚晖
秋霜春雨
只是
那些虔诚的愿望
那些良善的祈求
都随着夕阳沉进了江底
还有世世代代的

苦难悲怆

血火兵燹

像雷暴

像惊涛

扬起万里浪

卷起千堆雪

然后

便和浑黄的江水一起

月月年年

翻滚起伏

只有这迎江寺

昂立着

以坚定的姿态和刚毅的眼神

向来来往往的船只

显示着一座城市的慷慨

胸襟

和爱的情愫

啊

迎江寺

看惯了日落日出的迎江寺

看惯了秋月春风的迎江寺

对于天地

你是一个支点

对于长江

你是一个坐标

对于我们

你是一个有些诘屈聱牙

却并不难懂的故事

又有一队香客走进寺院
他们都能找到自己的期望吗
莫非那经声佛号
真的就是对生命的诠释

2009 年 11 月

周瑜墓

　　题记：三国东吴名将周瑜墓，位于安徽庐江，建于公元 210 年。有封无表，平地起坟，以小车纹汉代大砖砌成，周围绕以石刻栏杆，旁曾建木质六角"谈笑亭"，风摧雨袭，冢塌亭倒，石栏无存。明正统七年（公元 1442 年）重加修葺。清咸丰年间，墓址又遭破坏。民国三十一年，国民党桂系驻庐部队一七六师五二六团团长覃振元掘墓，后又重新修建，筑墓成台，改圆形墓为凸型墓，分三层台阶，正方体，圆顶。墓正面竖立"吴名将周公瑾之墓"石碑，石碑两个侧面刻有对联：君臣骨肉江东水，儿女英雄皖北坟。

樯橹灰飞烟灭
已经是十分遥远的事情了
连同群英会
七星坛
甘露寺
都成了秋风秋雨中的传说

花朵依然在盛开
柳丝依然在摇曳
数层石阶
几蓬衰草
抚慰着一颗阔大的心
拱护着一代名将的骨殖

岁月用不同的方式

铭记着汉魏斜阳

唐宋翠竹

长江从赤壁的火焰中穿过

从马蹄和剑刃上穿过

留下一座孤零零的墓园

证明生命的无奈

和历史的严酷

为什么总是苍发华颜

为什么总是壮志未酬

几千年了

人间舞台的大幕

就这样拉开闭合

闭合拉开

让无数英雄的生命

成为历史教科书上的一个个词条

成为街头巷尾的

一曲清唱

三通鼙鼓

此刻

有带着啸音的风

从墓园掠过

是感喟

是窃喜

是悲泣

还是千古风流人物

同吟大江东去

潇洒的尽头

叫做碰壁

兴奋的尽头

叫做悲苦

总有人指点江山

总有人激扬文字

大浪淘尽之后

墓园是生命的终点

却不是历史的结束

2009 年 11 月

周
瑜
墓

唱给小岗的歌

题记：小岗村位于安徽省凤阳县，1978 年，村子里的 18 位农民以"托孤"的方式，冒风险立下生死状，在土地承包责任书上按下了红手印，以此拉开了中国农村改革开放的序幕。

十八个农民的手印
开创了共和国一段恢弘的历史

日子曾经像壁龛上那盏油灯
只要有风吹来
灯苗就会熄灭
汗水
一代又一代人的汗水
洒在地里
换不来一支饱满的稻穗

于是
便有了那个让人永远铭记的夜晚
十八条汉子
用无与伦比的勇气
让疲惫不堪的土地
重新焕发出勃勃生机

那是思想的闪电啊
照亮小岗

也照亮中国的农村

为了命运的缰绳

能攥在自己手里

为了祖祖辈辈的梦

能变成现实

作为历史的存照

今天

那间茅屋

还立在村子里

而那张摁满手印的"生死状"

已经走进国家博物馆

让所有的参观者

感受脚步的沉重

和道路的崎岖

小岗村

我们曾经不敢面对的

一段历史

　　　2009 年 11 月

古城墙上的鼓书艺人

题记：寿县古称寿春、寿阳、寿州，古建筑、古遗址众多，建于宋嘉定时期的古城墙至今保存完好。2009 年深秋，与友人登寿县古城墙，见数十人正围坐一圈，如醉如痴地听一鼓书艺人说唱。

一面皮鼓
两块檀板
让数千年的历史
和几缕闲云
一起飘曳

那些悲凉壮烈
是刻在每一块青砖上的
但是
青砖不会诉说
那些凄楚哀怨结成了草籽
但是
草籽也不会诉说

于是
呼啸的箭矢
和奔驰的马蹄
四处激溅的
先人的血和汗水
便长在了鼓书艺人的记忆里

一次又一次地
被掌声与喝彩激活

这时
城墙便成为最真实的背景
烟尘弥漫
烈焰腾空
每一块青砖都闪烁青铜般的颜色
荆棘林莽
疏草繁花
每一滴露珠都放射出耀眼的光泽

历史
不只是精装的册页里
密密麻麻的汉字
一副粗糙的嗓子
和一个简单的手势
同样能让风吹雨打的往事
流成一条奔涌的大河

书斋里的记载是冷的
城头上的演唱是热的

2009 年 11 月

黄梅戏

用草叶上晶莹的露珠

和父老乡亲的甘苦

酿造的一杯醇酒啊

黄梅戏

你这怎么听都听不够的

天籁之音

总是带着泥土的甜蜜

总是带着稻穗的芳芬

年轻

像四月雨巷里卖栀子的村姑

热情

像六月池塘里绿荷托举的莲韵

就这样

走过田埂

走过乡路

走过古老的青石牌坊

和遒劲的藤萝架

在城市的舞台上面

完成华丽的转身

于是

世界听到了你行云流水般的唱腔

看到了你用宣纸徽墨晕染的

迷人的倩影

当然
还有在檀板和丝弦上闪耀过的
殷红的血
和晶莹的泪
提醒人们
记住那些在庙堂和草台上
哽咽过的风雨
以及遮蔽了无数个黎明的
浓重的乌云

一曲听罢
魂牵梦萦

今天
那热烈的鼓乐
还会和着鸡鸣狗吠
在村头的老槐树下响起吗
那或者欢乐或者凄婉的唱腔
是否依然逐村逐镇地
驱赶着四季劳作的艰辛

被大剧院里的声光技术
丝缎锦绣
天鹅绒帷幕
以及所有的富贵和五彩缤纷
妆扮了一番的黄梅戏啊
我的
乡音乡韵

无论在什么地方

对于我

黄梅戏是一座坚实的坐标

每一个点上

都是浓浓的情

都有深深的根

2009 年 11 月

哭泣的坠琴

曾经是黄河故道上的

一道最动人的风景

——孩子嬉戏的树阴

——老人唠叨的树阴

梧桐老了

老了的梧桐

悄悄倒下

变成这把坠琴

琴弦上翻滚过刀兵血火

琴弦上跳跃过播种耕耘

一个琴手传给又一个琴手

一个村庄唱给又一个村庄

苦日子也好

甜日子也好

指尖上的音符是梦

是轻叩每一面窗棂和每一扇柴扉的

清脆的鸟鸣

是在一次洪水之后吧

这把坠琴来到都市

琴弦上已经不再跳跃欢乐

哭泣与叹息

是秋天的雨雾
打湿熙熙攘攘的人群

夜深了
行人车辆渐渐少了
只有琴声还在响着
还在把凶猛的波浪
和洪水过后的凄美月光
说给都市

远方
洪水退去后的村庄
也已经睡下了吗
可有人又在河道两岸
重新栽下一株株梧桐
那羸弱的枝条上
今夜
会绽开一瓣新芽吗
在曙色升起的时候
让这个世界看到
什么叫不屈
什么叫坚贞

2008 年 8 月

什刹海

长长的船队远去了
连同帝王的金辇华盖
在厚厚的史册里
化做这杯香醇的酒
和北京人品尝旧事时
把玩的
一方晶莹琥珀

什刹海
古老京都的一颗珍珠
历史留下的一掬甘露

依然有桨声灯影
依然有箫管琴瑟
冬雪春雨
秋叶夏荷
涟漪一道道泛起
碧浪一阵阵打来
是岁月在蚕食生命
还是生命在打磨岁月

昨天的月光
已经照不亮今天的夜色了
今天的月光却能照亮

红色岁月

红色历程

红色史诗

红色经典

一千年前的

那团水泊

照亮那些楼台亭榭

婆娑群裾

照亮那些兴兴衰衰

起起落落

夜深了

波光在月下闪动

摇响满湖银饰

想听一阕大江东去

耳边却总是那些

瘦了黄花的

后庭遗曲

2006 年 7 月

挺立的树和挺立的人

题记：山东乐陵，金丝小枣之乡和发源地，其人工栽培始于商周，兴于魏晋，盛于明清。全国最大的千年枣林至今仍枝繁叶茂，满树硕果。

金色的风款款而来
在闪亮的枣叶和颤动的枣枝上
打了个旋
便把三千多年的时光
留在枣子上了

龟甲
青铜
亘古的苍茫空间
汉赋
元曲
奔腾的睿智与聪敏
一千年
又一千年
云
落在地上长成了树
星星
落在树上长成了果实
乐陵
便成了枣子的母亲

荒蛮的风

摇晃过树干

带血的哭声

缠绕过枣枝

无数的期冀和无数的渴望

一年年地结

一年年地落

乐陵的枣

是乐陵人的梦

捧起它

像捧起一颗沉甸甸的心

啊

在疾风暴雨前从不低头的乐陵

在闪电雷火中从不弯腰的乐陵

挺立的树

就是挺立的人

终于

命运的缰绳握在了自己手里

再造山河

乐陵人用铁打的双臂

举起属于自己的日月星辰

让每一把泥土

都孕育活力

让每一粒枣花

都散发芳馨

让苦涩成为遥远的过去

让母亲和孩子的笑声

飘荡在每一个傍晚

和每一个清晨

乐陵

叫人看不够爱不够的乐陵

今天

我们为感受枣树而来

为感受新生活的甜蜜而来

在一千岁的枣树下

聆听祖先的咚咚脚步

在一片一片的枣林里

观赏正在编织的虹霓和云锦

这时

乐陵的枣便成了诗歌

成了历史

成了噙在眼里的晶莹的泪花

和在岁月的波涛中

闪耀着的一盏盏

永远不会熄灭的明灯

2008 年 8 月

过绒布寺

题记：绒布寺，位于西藏定日县巴松乡，高踞于珠穆朗玛峰北坡绒布沟的"卓玛度母"山顶，海拔 5100 米左右，是我国和世界上海拔最高的寺庙。

站在绒布寺前
你就站在了一个绝对高度
举目，珠穆朗玛峰银光闪烁
俯身，冰川融化的雪水寒气逼人

佛塔
和藏区所有的寺院一样
转经筒
和藏区所有的寺院一样
五彩的经幡和长长的布幔曼妙地舞动
也舞动着高原风吹拂下的清晨和黄昏

无须探究是谁刨开第一块冻土
又怎样垒上第一块石头
酥油灯的火苗摇曳了千百年了
梦幻与憧憬在火苗中交汇
灵与肉在撕扯
毁灭和涅槃在交锋

正值夏季
从各地赶来的人们络绎不绝

他们不都是佛祖的坚定信徒
也不都是无畏的登山者
他们急急地赶到这里
只是为了给自己的生命
重新做一次标定

此刻，绒布寺的钟声又响了
这钟声
不是为了炫耀高度
就像它不曾书写历史
却成为历史的见证

2018 年 10 月

羊卓雍湖

题记：羊卓雍湖，位于西藏浪卡子县，与纳木措湖、玛旁雍湖并称西藏三大圣湖，为喜马拉雅山北麓最大的内陆湖泊，面积 675 平方千米，湖面海拔 4441 米。

水清澈得已经不能再清澈
——羊卓雍湖
云洁白得已经不能再洁白
——羊卓雍湖

除了成群的牦牛和硕大的藏獒
除了三三两两甩着鞭子的牧民
便全是鲜花了
大片大片的鲜花
把湖畔铺成五彩的云锦

慢慢地把车停下来
慢慢地走到湖边
语言便成为多余的了
所需要的就是静静地聆听
听地壳碰撞时的轰响
听高原隆起时的奏鸣
听湖水拍岸
听浪打雪融

小鸟落在这里

青稞长在这里

格桑花绽放在这里

帐篷搭在这里

历史在湖畔渐渐长高

长成我们今天阅读的史册和典籍

夜晚

越来越亮的星星倒映在湖水里

羊卓雍湖变成天空

天空变成羊卓雍湖

它们共同谱写着一个神话

共同弹拨着一首乐曲

神话和乐曲的名字都叫圣洁

叫神奇

2018 年 10 月

在珠峰大本营

我不是来登顶的
只是因为一次偶然的机会
从海拔四十多米的北京
来到海拔五千多米的珠峰大本营

这里有一块石碑
碑上镌刻着珠峰的海拔高度
石碑的四周全是冰冷的卵石
再往上便是积雪
便是冰川
冰川上面
是让整个世界仰望的冰峰

蓝色的透明和高傲的孤独
支撑起来苍茫、深邃、高远和神秘
登泰山而小天下
只是古人一时的兴起
到这里才明白
什么叫高处不胜寒
什么叫丢魂摄魄

屏住呼吸在卵石滩上矗立
远处的冰峰仿佛伸手就可以抚摸
我知道

只有脚下才是自己能够抵达的高度
对于我
珠峰是梦
是永远的敬意
是飘扬在心里的一面旗

2018 年 10 月

每一把泥土
都会创造神话
每一滴水珠
都能撞响玉罄编钟

卷四

春天的誓言

黄山踏雪

风把云吹过来的时候
雪便开始降落了
于是
黄山走进了冬天
走进了一个银装素裹的季节

冬季
我们在黄山踏雪
千层峰嶂冷峻得完美无瑕
万树松萝剔透得晶莹圣洁

沿山径拾级而上
翠色顿失
满树雪凝冰挂
弹拨天籁之声
立峰巅遥望四周
山川不夜
天地银镶玉嵌
倒悬祥瑞之河

雪中月冷
风
揉碎了秋天的衰落
播种的却是春天的蓬勃

月下雪寒

我们垂天而立

在梦幻般的时空里

感受什么是冰清玉洁

在黄山踏雪

不是寻找梅花的一缕暗香

黄山的雪是大风景大气象

黄山的雪是大胸怀大气魄

站高山绝顶

雪是天地之气韵

立云海深处

雪是日月之精魄

此刻

雪还在飘落

飘落

像母亲的手

抚摸着黄山的峰峦叠嶂涧水瀑布

石径是松软的

山壁也是松软的

无声的雪

是无痕的岁月

记录着爱与渴望

以及期盼和探索

——山崩地裂时的巍峨与磅礴

——海倾河翻时的坎坷与蹉跎

而我

却希望能推开一扇天窗

看看十万年前的荒寒

三千年前的云烟

读一读李白的诗

和徐霞客的游记

怎样把这踏雪的欢乐

留给一个民族

年年如潮

岁岁如歌

我们在黄山踏雪

在雪中攀登人生的台阶

一览众山的豪情

涌荡在登临绝顶的时刻

天放晴了

依然有雪在飘

黄山与太阳比肩而立

俯瞰着远方的沃野平川大江大河

借阳光的巨臂

让我们拥抱黄山吧

拥抱黄山就是拥抱祖国

拥抱我们这个充满挑战与希望的世界

2005 年 11 月

梅

今天

我又想起崖畔上那株冬梅

星星般闪烁光焰的同时

将沁人心脾的芳香

借柔柔的风

和长长的云

撒遍所有的田野

街衢

以及每一扇溢散着欢声笑语的

门扉与窗棂

新的一年又开始了——

从孩子的酒窝

到老人的皱纹

从情人的朵朵玫瑰

到战士的阵阵歌声

从都市里霓虹灯的长阵

到苗圃里小小的树林

到处

都洋溢着欢欣与鼓舞

到处

都流淌着甜蜜与喜庆

梅花

梅

没有像迎春那样火爆热烈

没有像牡丹那样鲜艳夺人

默默地

在冰悬雪挂的山巅

在风打雨浸的谷底

将春的信息

与春的希望

告诉土地

告诉土地上所有成长的生命

此刻

我站在时间的交接线上

看车如流水

看人如流水

看江河一样流逝的时光

看时光一样飞驰的风云

哪里有梅花浮动的暗香

又该在哪里

聆听春天行进的跫音

冰天雪地

建筑工地上汗水如河

脚手架告诉我

梅花就开在每一个工人的心中

北风凛冽

田畴地垄麦苗正在拔节

绿叶告诉我

每一片叶子都在传达进军的号令

啊

梅花

你带来了一个最繁忙的季节

这个季节叫春

你传达了一个最美好的祝福

这个祝福叫春

你揭示了一个最丰富的内涵

这个内涵叫春

你描绘了一个最深刻的象征

这个象征叫春

春天啊

所有的生命都又一次积聚力量

所有的力量都又一次爆发奔腾

所有的奔腾都朝向新的目标

所有的目标都展现出一片光明

每一把泥土

都会创造神话

每一滴水珠

都能撞响玉磬编钟

一万根琴弦会同时奏响

梅花是琴弦上飘起的

第一声琴韵

也许

不必再寻梅闻香

每个人心中

都有春风劲吹春潮涌动

也许

不必再踏青折柳

翻开日历　　　　　　　　　　　　　　　　　梅

就有百花吐蕊百鸟争鸣

如今啊

每一天都有战鼓在擂动

敞开心扉

就能燃烧出征的激情

这个世界

是显示自己身手的世界

自己的力量

就是自己最好的写真

这个时代

是证明自己智慧的时代

自己的成就

才能使自己傲立民族之林

这就是我

一个老兵对梅的赞美

在春天来临的时候

最为淳朴的致敬

2005 年 12 月

永远的硝烟

——纪念抗日战争胜利 60 周年

卢沟桥用枪声记忆历史
记忆一个民族
在血泊中走过的历程

八年
近三千个
石头一样沉重的
白天和黑夜
惊悸
悲愤
忧虑
苦痛
在中华儿女心中流淌
溅起血
溅起火焰
溅起骇浪惊涛
裂岸拍空

今天
我们纪念那个胜利的时刻
太阳艳丽
月亮柔美

河面闪烁波光

小巷流淌琴声

月季开了

紫薇开了

连空气都荡漾着

蜜一样的诗情

而我

又一次来到卢沟桥上

思考历史的艰深

轻轻地

轻轻地抚摸冰冷的石栏

有金属之声

向我讲述

昨天的战争风云

那座留有乾隆御笔的石碑顶端

忽尔雾来

忽尔雾去

让我想起硝烟

想起硝烟里的呼喊与抗争

那时

我们的将军

和我们的士兵

每一天都在抛洒热血

我们的土地

我们的树木

每一天都在遭受蹂躏

那时

我们的每一株禾苗

和每一块石头

无论黄昏还是黎明

无论下雨还是刮风

每一刻

都在用马蹄声

青铜声

刀枪碰撞声

琴瑟断弦声

呼唤沉睡的剑

呼唤万古不灭的精神与忠勇

冻云寒雨

冷月浮尘

鲜血渗透泥土

忠骨深埋荒岭

于是

我们的土地

我们的山岗

有了最最坚强的生命

抓一把泥土

就是雷火

炸药

就是电与闪的奏鸣

一千座山岗

就有一千面旗帜

飞舞着

翻卷着

让所有的脊梁都顶天立地

啸月吟风

终于
邪恶被正义碾碎
在密苏里号军舰的甲板上
受降书上的墨渍
将富士山巅的流云
洇染成一片迷蒙

红日
经受了血与火洗礼的红日
被千万簇浪花托举着
云蒸霞蔚
磅礴上升

八十年了
六十年了啊
不是我们不会忘记
而是在历史的海洋里
我们从来就没有打捞过
胜利者的轻松

那场旷日持久的战争
有什么样的经验和教训
让我们这个古老民族
每每想起
便茶饭不思
坐立不宁

那些残垣

那些弹洞

那些屠场

那些荒冢

难道只记忆野蛮

而不记忆散漫和惶恐

难道只记忆凶残

而不记忆艰涩与震惊

我们这片哺育忠肝烈胆的土地

为什么也生长奸佞

风烟起时

黄叶落时

总有那么一些人助纣为虐

伤害自己的兄弟姐妹

父老乡亲

还有

那浇灌善良的长江与黄河

为什么也漂浮腐朽和血腥

断桅残樯

是宣示宁折不弯的脊梁

还是消极颓败的象征

假如有一天雷暴再起

我们这颗古老的大树

还会有多少枝柯折断

还会有多少树叶凋零

在血肉筑起铜墙铁壁的同时

还有没有人苟且偷生

呵呵

让我们放下这过于沉闷的话题

你看

庆典的礼花

正在空中绽放

你听

节日的锣鼓

正掀起一阵又一阵欢腾

毕竟

我们胜利了

胜利者有胜利者的姿态

胜利者有胜利者的胸襟

既然

昨天已经成为历史

重要的如何书写

今天的光荣

世界越来越千姿百态

衡量强弱的筹码

却没有变更

落后就会挨打这千古至理

依然是我们心中的泰山昆仑

忧己

忧人

忧国家

忧天下

硝烟不散

是为了时时敲响醒世的警钟

此刻

这首诗便是我的企盼

伴着一杯烈酒

和一支红烛

燃烧在二○○五年七月

一个不眠的夜空

2005 年 7 月

战旗

——写在建军 80 周年之际

昨天
已经成为历史
只有这面旗
高傲地飘扬着
与鹰翼之上的蓝天
与蓝天之上的红日
一起
高唱着
胜利的旋律

透过她朝霞一样的鲜红
透过她翻卷腾展的潇洒飘逸
我们依然能够听到
南昌城头血与火的呼喊
我们依然能够看到
娄山关碎成残片的马蹄
还有
草地上的篝火
雪山裸露的岩石
太行村寨
黄河古渡
扬子帆樯

琼州雷雨

……

无数年轻的生命

变成了满天星辰

闪耀在我们的歌里

闪耀在我们的梦里

啊

战旗

一颗剧烈跳动的心脏

一腔激荡贲张的血液

我们民族无坚不摧的象征

每一个军人尊崇的信念与价值

八十年

八十年啊

多少次冲锋陷阵

多少次流血捐躯

霜打长河

雷击山壁

惊涛雷火锻铸了

一支战无不胜的伟大军旅

昨天已经远去

但是

马鸣没有远

长剑没有断

因为

南山尚无法牧马

刀枪尚无法铸犁

战争的基因

从来就没有终止传递

时时有带着血腥的云飘来

时时有夹着尸臭的雨飘来

提醒我们

人类跋涉步履的艰涩

因此

必须让我们的枪醒着

让我们的炮醒着

让我们的履带和机翼醒着

准备着

准备着战争降临之时

大漠策马

边山射日

今天

我用青筋暴起的双手

捧起战旗的一角

以一个老兵的名义

回顾那些虽然遥远却不会弥散的

战争往事

给和平年代里甜蜜的人们

增添一缕沉重的思绪

给美丽而浪漫的生活

发送必须的警示

亲爱的祖国

亲爱的人民

你看

这面旗帜下

风风火火走过的

山脉一样的队伍

那一副副敦厚而又宽阔的肩膀

便是用青春镌刻的

和平印记

2007 年 8 月

中国的脊梁

在我的琴弦上
风雪第一次改变了音韵
一样的冰封素裹
一样的玉砌银镶
却弹不出往日的吉庆与喜气

我的南中国哟
冰雪竟然能遮掩光明
冻雨竟然能窒息呼吸

城市告急
乡村告急
铁路高速路变成冻僵的龙蛇
车站机场骤然被冰雪封闭
连输电铁塔也纷纷被折断
在风雪的肆虐中无奈抽泣

冰雪能覆盖世界
却不能覆盖我们的意志
银色原野上
有红旗在飘展
有号角在吹响
召唤并集结所有的队伍

地下四百米的巷道里

总书记用温暖的双手

激励向地球索要火焰的工人

人头攒动的车站广场

总理用坚定的目光

安慰准备回家过年的母亲和孩子

干部与群众

将军与士兵

用昆仑一样坚挺的脊梁

和长江一样奔流的热血

在风雪袭来的时候

展现钢铁般的镇定

超群的坚毅

智慧

与高贵的品质

这是一次罕见的战役啊

整个共和国

都投入与风雪的抗争

历史深邃

宇宙浩茫

我们不能阻止大自然的疯狂

却能用自己的力量

决定自己的命运

我们曾经从风雪中走进春天

又怎么会惧怕风雪的进击

向前

向前

风雪在我们脚下败退

花卉在我们身后绽蕾

向前

向前

冰凌在我们面前消融

鸽子在我们身后梳羽

还有太阳

正在跃过皑皑雪峰

给大地播洒无限的光明

与无限的活力

啊

既然是搏斗

就会有人倒下

像董存瑞

像黄继光

像史册上千千万万英雄

他们是风雪中最深刻的记忆

让新华社发布的每条新闻

都灼热得烫人

于是

每一片雪花都成为一首赞歌

每一首赞歌都饱含时代的感激

成为所有走出这场风雪的

人们心中

永远默诵的诗句

此刻

我们比任何时候都更加明白

家

对于我们的意义

祖国

对于我们的意义

我们和土地

是怎样的不可离分

我们对信念

是怎样的矢志不渝

啊啊

风雪总要过去

春风春雨

会抚平泥泞

把这个风雪弥漫的冬季

洗得干干净净

继续为新的日子

举行一次次盛大的典礼

高山峥嵘

阔水苍茫

就这样

我们又在共和国的历史上

竖立一座高过白云

高过蓝天的

丰碑

现在

让我们沿碑座的台阶拾级而上

采一万束金色阳光

编织最美丽的花冠

献给祖国

献给人民

作为二〇〇八年新春的第一个祝福

2008 年 2 月 2 日，写于温家宝总理第二次赴抗灾前线视察之际

哀悼：以国家的名义

题记：新华社电　为表达全国各族人民对四川汶川大地震遇难同胞的深切哀悼，国务院 5 月 18 日发布公告，决定 2008 年 5 月 19 日至 21 日为全国哀悼日。在此期间，全国和各驻外机构下半旗致哀，停止公共娱乐活动，外交部和我国驻外使领馆设立吊唁薄。5 月 19 日 14 时 28 分起，全国人民默哀 3 分钟，届时汽车、火车、舰船鸣笛，防空警报鸣响。

这一刻
所有的山峰都垂下了头颅
所有的江河都停止了奔腾

五星红旗啊
我们生命的
意志的
信念和理想的
全部象征
在淡淡的晨晖里
升起
又降落
而后
在燥热的长风中
凝固一个民族的悲恸

历史
将永远记住这个日子

记住在汶川地震中告别我们的
兄弟姐妹
父老乡亲

爱
与痛苦
就这样紧紧地融合在一起
一样的祭奠
一样的送行
因为五星红旗的低垂
升华成无可比拟的
崇高和神圣

心
与心
就这样紧紧地联在一起
热血温暖着热血
生命点燃着生命
废墟上
城市必定会重新站起
乡镇必定会重新繁荣
劫难之后
我们的诗
和我们的歌
连同新时代的磅礴交响
必定会沸腾四海
回荡苍穹

此刻
在汶川的大山里

我们的将军和我们的士兵

依然在艰难地跋涉

去为受困的人们

点燃希望的明灯

还有那些救援队和医疗队

依然与死神进行着顽强的抗争

而那一片连着一片的废墟上

孩子正抛撒洁白的花瓣

为冷酷覆盖一层

痴情和温馨

还有那些远隔重洋

生活在我们这颗星球上的

所有的华夏子孙

正点燃一支支蜡烛

为祖国祈祷

为不再呼吸的生命安魂

心

疼得滴血

泪

流得像河

水重重

山重重

隔不断同宗同脉

骨肉深情

哀悼

以国家的名义哀悼

为地震中罹难的每一个百姓

三分钟

三分钟啊

足以使所有的中国人

感受国家对自己的尊重

而国家

这两个铁铸钢浇的汉字

就这样

化成我们的血肉

化成我们的骨骼

化成我们永远的忠诚

十四时二十八分

我站在北京一个普通的街头

和长龙一样停下来的车辆

和树一样伫立着的人们一起

低下头来

泪

洒在地面上

这是和汶川连在一起的土地啊

生生不息

繁衍了我们一代人又一代人的

土地

汶川

汶川

一草一木

一山一水

都是我们共同的襁褓

都是我们共同的家园

同一颗心脏

同一副肝胆

你的呻吟里有我的呻吟
我的歌声里有你的歌声

车流又开始向前
闪动着
奔淌着
如黄河扬涛
如长城飞鹰
路边的绿地上
喷灌像银色的雨
冲洗得每一片草叶
都郁郁葱葱
百合花开得正旺
染得空气像蜜
像麦收时节醉人的熏风

啊啊
我的兄弟
我的姐妹
一切灾难都会成为过去
所有的苦痛都将孕育新生
你看
蓝天上一朵又一朵的白云
正向我们绽开最美最美的笑容

2008 年 5 月 19 日

挑战

——写在 2009 年初春

许多年了
我们已经习惯用琴声
唤醒每一个清晨和傍晚

我们赞美朝霞
是因为我们撕碎了夜幕
我们歌唱春风
是因为我们驱走了严寒
我们手捧鲜花
是因为我们铲除了荆棘
我们亲吻道路
是因为我们走出了泥潭

那些曾经笼罩在我们头顶上的
雾霾和阴云
那些曾经用热血和生命浇铸的
阵地与壕堑
还有那些封锁和围堵
还有那些饥馑和动荡
都已经成为遥远的过去
成为跳动的音符
和教科书里的记载
与诗篇

刚刚过去的二〇〇八年啊

那是我们的骄傲——

风狂雪骤

热血是春风春潮

催开满山的梅花和杜鹃

地裂山崩

爱是太阳

是彩虹

照耀编织新生活的丝帛与锦缎

而奥运会

激情如火的日日夜夜啊

则成为一个民族

与全世界共同享有的伟大盛典

这时

就在这时

风渐渐吹过来了

从地球的另一边吹来

先是像一片树叶

悄悄滑过

接着

沙尘扬起来了

烟雾漫过来了

而后

呼啸着嘶鸣着

让所有的陆地与海洋

感受震荡与不安

让所有的眼睛在同一个时刻

变得蒙眬迷乱

莫非

我们生活的色彩将开始暗淡

莫非

我们前进的车轮将步步维艰

许多年了

我们都没有像刚过去的

这个冬天这样

在城市

在乡村

无论风里

无论雨里

企业家和农民工

学者和百姓

都在思考着一个严肃的话题

怎样抵御正在席卷世界的经济严寒

我们的船队

又该怎样避开风浪

朝着既定目标

向前

我们的总书记

我们的总理

我们的政治局

和国务院

一次次地夜不成寐

为共和国谋划新的进军

用铁一样的号令

集结队伍

迎接面临的困难与挑战

啊
同志
还记得我们经历过的
那些历史关头吗
爆破手
突击队
风一样冲出战壕
然后
冲锋号响了
然后
一面红旗
在硝烟和烈火中翻飞飘展

身后
硝烟正环绕散落的花瓣
那些永远不再醒来的士兵
枪与刺刀
还紧紧握在手里
但我们的道路
却由此豁然拓宽

现在
让我们在旗帜下宣誓
去发起一轮新的攻坚

企业关闭了
且把它当作失守的高地
夺回它
即便是又一番浴血鏖战

岗位没有了

我的踯躅徘徊的兄弟姐妹

他们可不是散兵游勇

他们是刚突围出来的战士

只要军号响起

就能站成莽莽群山

九百六十万平方公里的土地哟

植桑插柳

造酒酿蜜

我们的生活

需要用自己的犁铧耕耘

我们的岁月

需要用自己的汗水浇灌

不是吗

我们曾经是一张白纸

一张白纸

却描绘出最新最美的画卷

我们曾经一无所有

一无所有

砸碎的是束缚自己的锁链

我们的江河

依然会鱼跃舱满

我们的田野

依然会稻香瓜甜

困难来了

激起的是勇气

挑战来了

艰险在前
胜利也在前

我们的祖先
能一砖一石筑起万里长城
我们就能用赤子之心
为共和国谱写最华美的诗篇
我们的前辈
能一步一步走出茫茫草地
我们就能在风口浪尖上
校正前进的航线

祖国
这就是你的儿子
在春天里发出的誓言
现在
请你静静聆听
河流在哗哗流淌
禾苗
在窜窜拔节
明天
而明天
云一定更白
天一定更蓝

2009 年 2 月 8 日

淇河之歌

题记：淇河发源于山西陵川县，经壶关、辉县、林州、鹤壁、淇县入卫河，全长 161.5 公里，流域面积 2248 平方公里，是华北地区唯一没有被污染的河流，河水常年保持在国家二级标准以上。鹤壁境内为淇河最秀美的河段。《诗经》三百篇，有近四十篇写于淇河两岸。

一

当浓重的雾霾又一次笼罩京城
我想起了淇河
想起从古老的陶罐里
飘出的一带澄碧
想起镜子一样的水面上
倒映着的花窝遗址商周城阙

一千年过去
又一千年过去
数千年时光
把淇河装订成一部厚厚的史书
写满了父亲的坚定
母亲的慈祥
写满了一首首诗
一阕阕词
以及说不完道不尽的喜怒哀乐

啊

淇河

你没有黄河辽远

长江磅礴

却收获了不逊于任何一条江河的赞歌

你没有船队

没有帆影

却同样滋润了两岸的豆菽稻禾

今天

我们把美丽的词藻献给你

把悠扬的赞歌献给你

而你

依然微澜不扬

纤波不起

静静地

就像你最初流过这片土地

带着七分谦逊

三分羞涩

二

无论是鹰唳

无论是鹤鸣

都不曾改变过淇河的执着

日复一日

年复一年

用它的细密的涛声

轻抚两岸的歌谣炊烟

轻抚芦荡河汊里的水磨风车

因为太行山高峻
淇河也就具有了太行山的坚强
因为云朵秀丽
淇河也就具有了天空的明澈
还因为渺如天籁的钟声佛号
和孩子带着乳香的歌唱
给了淇河太多的灵秀
而太多的灵秀
一次次淘洗着风雨人生
蹉跎岁月

是因为这些吗
你的诗
你的歌
带着泪水
也带着欢笑
带着甜蜜
也带着苦涩
记录着人们艰难跋涉留下的
屐痕车辙

三

一次次
我掬起淇水细细察看
我想知道
流淌过这么多的白天黑夜
难道你就没有遭受沙尘的侵蚀
还有那蛮横的风

血腥的雨

莫非就没有搅乱过你的一河清波

还是你用自己的顽强

用自己的纯粹

涤荡着这个世界上的

混沌和污浊

还有我的乡亲

我的父老

用笑声

用歌声

用一首首诗

和一阕阕词

融化了生活的酸楚和困顿

让雁归来

让鹤飞来

一起装点两岸的春光秋色

四

此刻

我在想象你的第一股清泉

是怎样漫过泥土和草叶

淇水在右

泉源在左

前人又是怎样呵护着你

流过春秋

流过冬夏

流过历史的浩浩旷野

数千年后

让我们这些后人
看你的竹枝青青
看你的柳丝袅袅
看你纤尘不染的水面和碧波

我还想问裙裾飘飘的少女
问白髯垂胸的长者
再过去数千年
淇河还会是这样年轻美丽
这样纯净清澈吗
还会有一首首的诗
和一首首的歌
教后人领悟前人的胸襟品格

还会告诉淇河岸边的人们
这是一条没有被污染的河流
告诉他们
没有被污染
是因为
淇河是从前人的心中流过
心不留一丝尘埃
水也就自然甘醇清澈
倒映着灿烂星辰
洁白云朵

五

让淇河永远从我们心中流过吧
淇河是诗歌的河
更是我们心中的河

淇河流过的地方

不光生长诗歌

还会生长祝福和鲜花

生长坠子和豫剧

生长创造和理想

如参天大树

护佑着我们的日子

和我们的生活

2014 年 9 月

大国的担当

——写给维和部队的战友们

在蓝天白云之下
在秋风秋阳之下
一个老兵
为在异国他乡执行维和任务的战友
写下这滚烫的诗行

此刻在祖国
无论是山区还是平原
所有的收获都在吐露芬芳和甘醇
重阳节又到了
大街小巷
飘着桂花和米酒的清香

而在你们脚下
那里的孩子是伴着恐怖长大的
那里的草和树是伴着枪声萌芽的
在残酷的杀戮
和无休无止的撕扯中
土地碎了
生命碎了
连歌声和诗句都是碎的
是你们

红色岁月　红色历程　红色史诗　红色经典

站在子弹和子弹之间

站在冲突者和冲突者之间

站在生与死之间

用无畏

用胆魄

为那片动荡的土地

举起一轮太阳

以生命

以血

书写属于中国军人的无畏和悲壮

啊

我们这个世界

为什么总是一侧哭泣一侧欢笑

为什么总是一侧血雨一侧初阳

莫非匍匐在地的就永远匍匐在地

背被压弯了就永远挺不直脊梁

于是

在联合国的旗帜下

你们以人类的名义

走进硝烟

体现一个大国的责任和担当

提示喝着蜂蜜长大的同时代人

这个世界还在流淌血泪

忧愁

困苦

让"维和"这个我们曾经无比生疏的

课题

成为一段生命经历

成为当代中国军队史册上

耀眼的篇章

我是一个经历过战争的老兵
几十年前
曾经在边关的陵园里
用泪水写过关于爱
关于生
关于死的诗句
今天
当祖国用专机
接回覆盖着国旗的年轻战友的骨殖
我的心
又一次被搅动得彻夜难眠
大国担当
不只是铿锵的宣言
还有冰冷的墓碑
永远矗立在母亲的心上

我想
数十年后
又数十年后
当我们这个星球再也没有血腥和杀戮
再不需要用生命昭示泥泞和坎坷
维和
这颗在苦痛中生长的果实
一定会成为人类成熟的标本
而你们
用生命呵护世界的战友
也一定会有一支支关于你们的乐曲
汇入我们这个民族

磅礴

伟大

雄壮的交响

2017 年 10 月 28 日

唱给疫情防控阻击战一线的歌

一

灯火点亮二〇二〇年除夕的时候
你们以人民的名义
宣誓出征

前面是怎样的战地呀
乌云正像石头一样纷纷落下
企图阻止春天已经敲响的钟声

而此刻
每一条河
每一棵树
包括这颗星球上所有的眼睛
都在看着我们
看我们怎样排兵
怎样布阵
怎样闯关夺隘
用旗帜拂净蔚蓝的天空

二

我的祖国
我的流淌着黄河流淌着长江的祖国
我们这些华夏民族的后裔

龙的子孙

我的祖国
我的在唐诗宋词中绽放花朵
在青铜器和瓷器上表现智慧的祖国
我的在电脑和互联网上展开联想
在高速路和复兴号上体现速度的祖国

所有的元素都生动而热烈
每一个生命都充满信心
倏然之间
却要举全民之力
抗击一场新型病毒引发的战争

三

就从这一支支出征的队伍说起吧
从他们身上上溯
追寻我们那些九死一生的往事
松柏是怎样在血与火浸淫后矗立
山峰是怎样在天塌地陷中高耸
追寻漂流在汨罗江上屈原的离骚天问
追寻古蜀道李白留下的明月清风

生生不息的意志和信念
代代延续的期冀与决心
即便是深埋在地下的断矛箭镞
不仅长满铁锈
还长满崛起的惨烈和求索的艰辛

锻打一个民族的尊严

需要一代又一代人牺牲和勠力

惊心动魄

热泪鲜血

是获得尊严必须付出的代价和过程

就这样

我们推开一扇又一扇历史的门扉

让教科书上的每一个字

都变得庄严和凝重

四

此刻

我们又站在历史的关隘面前

凝心聚力

雷厉风行

解答这个全人类都在关注的课题

让世界再一次认识我们的力量和坚韧

而你们

是我们的尖兵和前哨

是我们骨头中的铁与钢

是我们灵魂中的铜和金

打开生命通道的是你们

挽狂澜于既倒的是你们

用心血浇铸道路的是你们

用双手捧起黎明的是你们

五

今天
不再分前方和后方
每个人都是战斗中的一员
到处都能看到飘扬的旗帜
到处都能听到集结的号声
所区别的
不过是谁在坚守
谁在冲锋

没有什么可以阻挡我们的脚步
夺下一道关隘
就是上升一个高度
一个高度接着一个高度
就一定能登上巍巍峰顶

六

啊
我的不分日夜与病魔搏击的
兄弟姐妹
你们正在谱写的
是一部时代的交响
哪怕只是一滴血
一粒汗珠
都正在和先辈的辉煌
和诗与歌
和辞与赋
和天安门前矗立的华表

和绵亘万里的长城
一起
让后人肃立并致敬

奔腾不息的是江河
逶迤不绝的是青山
万古不灭的
是我们这个民族的灵魂与精神

2020 年 1 月 2 日

我们的旗帜，我们的誓言

——写在中国共产党成立 90 周年之际

一

同志

还记得紧握拳头宣誓的时刻吗

那一刻

鲜红的旗帜在心中飞舞

还有锤头

还有镰刀

青铜一样铮铮作响

那是我们的誓言

要为共产主义事业

奋斗终生

二

就这样

一批人又一批人走进这个伟大的行列

用全部的智慧

和全部的生命

推动历史前进的车轮

第一个十年过去了

那是血火交织的十年
屠刀是放在脖子上的
绞索是悬在头顶上的
暴雨狂雪洗不尽共产党人的鲜血
至今
捧起一把泥土
仍然能闻到当年的血腥

第二个十年过去了
那是烽烟弥漫的十年
一个民族以五千年文明锻造的坚韧
为尊严进行不屈的抗争
用铁打的拳头
砸断日本天皇的军刀
用黄河的水
长江的水
涤荡入侵者的残暴与狰狞

第三个十年过去了
在第三个十年里
我们的土地
长出了繁茂的稻禾
我们的人民
绽开了灿烂的笑容
共产党人
用自己的汗水
为共和国描绘出一片
光辉的前景

第四个十年

第五个十年

第六个十年

……

……

如今

我们已经整整走完了九个十年

九个十年啊

激情伴随着我们

艰辛伴随着我们

欢乐伴随着我们

自信伴随着我们

九十年

我们习惯了接受鲜花

现在

还能不能攥一攥蒺藜和枣刺

看我们的手指

是否会沁出血珠

九十年

我们听惯了颂词和赞歌

现在

还能不能掂一掂投枪和匕首

当年曾把它们投向敌人的营垒

今天

我们能否经得起它们的拷问

三

我们的眼睛里

莫非真的只有鲜花

只有彩霞

只有闪闪的星群吗

我们是否还记得当年的誓言

重温时

是否还会热血沸腾

是否还有把自己放在铁砧上的勇气

让历史的铁锤猛力锻打

看掉下来的碎屑

是浮沉

还是黄金

没有了老虎凳和辣椒水

我们的意志是否还像当年一样坚定

没有了硝烟弹片

和烈焰撕扯的堑壕

我们的行动

是否还像当年一样勇猛

还有

我们的人民再不必用担架

用独轮车

送我们渡江跨海

再不用从自己的口中省出干粮

为我们充饥

用自己的乳汁

拯救我们的生命

既然他们是国家的主人

当然要以主人的名义

为我们切脉听诊

用我们的宣言

和宗旨

和初心

检验我们说过的话

和我们做过的所有的事情

烈日当头的时候

看我们能否为他们洒下甘霖

风雨袭来的时候

看我们能否为他们搭起帐篷

为了人民

是否依然如战争年代

用自己的胸膛

挡住敌人的刺刀

用自己的死

换取老百姓的生

依然是那面旗帜

有镰刀

用来割麦割稻砍玉米高粱的镰刀

有锤头

用来锻打文明信念和理想的锤头

把天底下的穷人集结到一起

旗帜是火炬

照亮每一扇门扉

和每一叶窗棂

然而，事实无情如流水无情

和平之树

也会遮挡阳光

阴影下

每天都生长霉菌和蠹虫

当革命的信条

被一些人冷漠地抛开

我们的党

也面临着信任的窘境

我们还能再次赢得全部的民心吗

还能否像当年

不计较一城一地的得失

不叹息一战　役的输赢

用冲锋号集合百万千万猛士们

用旗帜

召唤拥戴

召唤大公无私的精神

为此

我们曾无数次走向当年的战场

去寻觅坚强和忠贞

我们曾无数次重温马克思主义的经典

希望能找到新的动能

只是

昨天的堑壕

已经变成观光的风景

装有空调的豪华大巴

和朴素的革命旧址

难道仅仅是鲜明的对比吗

遮阳帽和竹编的斗笠

谁更能代表神圣和光荣

大道一马平川

为什么总是有人摔倒

号令就在耳边

为什么步伐再不那么齐整

筑路者的铁镐刚刚落下

破路者的黑手便开始挖洞

摩天大楼刚刚浇好地基

便有人盗卖工地上的钢筋

寄生在一些人身上的

私欲和贪婪

怎样才能彻底清除

难道这也是一道哥德巴赫猜想

用多少精力和时间

才能破解求证

四

此刻

请允许我以一个后辈的名义

向我们的先驱致敬

我曾在一棵丁香树下久久站立

那是李大钊故居的一棵丁香

当年

李大钊就是从这里出发

走完他生命最后的路程

一袭长衫

凛凛风骨

绞刑架是山

而你是泰岳

是昆仑

让我们永远钦佩和敬重

你才是真正的探路者啊

为探索真理

献出自己的全部生命

在独秀山下

我曾沿着石阶走向一片树林

陈独秀

在你病卧江津的时候

那轮明月

是否还能燃起你的激情

这是能听到长江涛声的树林呀

你葬在这里

是为了能时时看到

沉舟侧畔千帆驶过

病树前头万木争春吗

我问瞿秋白

你还在推敲《国际歌》的歌词吗

在你写下英特纳雄耐尔

一定要实现的时候

你是否想过

无论过去

也无论现在和将来

我们的队伍

是不可避免的杂陈五色

还是应该纯之又纯

我问方志敏

如今

你是在写《可爱的中国》续篇吗

如果你能看见今天的花海

和今天的鸽群

你是感到几分熟悉

还是感到几分陌生

我们的中国啊

依然是襟怀如海温暖如春

可我们呢

我们每一个共产党人

是否始终像呵护母亲一样

呵护着她的山山水水

乡村城镇

董存瑞

你在拉响导火索的时候

曾振臂高呼

为了新中国——前进

你知道吗

今天

有和你一样的一双双手臂

托举灿烂的红日

也有一双双手臂

在暗夜里开凿腐败之门

黄继光

那眼射孔不会再喷吐火焰了

但你舍生忘死的身影

已经定格在我们的心中
今天
没有了疯狂的子弹
却有无数的出击位置
正等待冲锋的号令
我们是否依然义无反顾地前赴后继
用自己的血
描绘七彩长虹

是的
九十年
共产党人在鲜红的旗帜下
用镰刀和锤头
锲而不舍地
锻造了共和国的强盛

每一个黄昏和每一个黎明
都有孩子的笑声在飘动
可是
老人皲裂的手背
和流淌在皱纹里愁苦
依然会时时进入我们的眼瞳

我们在高速路上感受发展
感受路旁迷人的风景
可是
凋敝的茅舍
泥泞的村路
依然会时时刺痛我们的神经

我们的信念

是让每一片花瓣都能散发芬芳

我们的理想

是让每一寸土地都能沐浴春风

为此

我们曾信誓旦旦地作过保证

现在

如果先驱们递过来一份问卷

我们会在哪一道考题上

提笔难落

又会是哪一道考题

让我们耳赤面红

五

此刻

让我们走进考场

无论是正在岗位上恪守职责

还是在湖畔打发退休后的人生

请检查一下自己的生命之树

有哪些枝干坚挺苍劲

有哪些枝干枯萎凋零

没有了那么多的生死时刻

考验我们的意志和忠诚

春风习习

飞舞的是花粉

是柳絮

莫非我们的誓词里

也就少了些凝重和坚贞

烛影摇红

应酬多了

寒暄多了

莫非我们的语言

也随之淡化了诚信

江河奔泻

泥沙俱下

我们该怎样继续在沙里淘金

雨骤风狂

帆斜桅倾

我们该怎样坚持既定的方向

牢牢把握舵轮

现在

就让我们打开当年填写的入党志愿书

触摸字里行间的炽热和激情

重新认识

什么是困难

什么是斗争

重新认识

什么是物质

仵么是精神

前辈的热血

决不能凝成寒冰

决不能让金钱和权力

主宰我们的思想和灵魂

用太阳一样的心

温暖我们脚下的这片土地

用大江大海一样的胸怀

包容世间万象黄绿赤橙

那些留在被硝烟熏染的旗帜上的歌
和烈焰腾腾的战壕里的呼喊
那些在黎明前倒下的先烈
每时每刻都在这样要求我们

六

今天
所有的共产党员
都在像儿女仰望母亲一样
仰望我们的旗帜
我们为之奋斗了九十年的
信仰
和理想

而全世界
无论什么民族
什么肤色的人群
也在凝视这面旗帜
凝视这面旗帜下
稻穗是否始终饱满
看我们还能创造什么奇迹
继续给全世界带来希望和信心

我们的誓言隆隆在耳
这是演奏了九十年的磅礴交响
是郑重的承诺
向祖国

向人民

向黄河长江

向逶迤万里的古老的长城

用我们的赤诚

播洒漫天花雨

用我们的双手

托举新世纪的黎明

走过了五千年漫漫长路的中国

在血与火中涅槃重生的中国

清新的风吹拂着的中国

明丽的太阳温暖着的中国

二十一世纪的中国啊

你看

太阳正洒开万道金光

那就是我们的旗帜

和我们的誓言

一千年

一万年

照耀这片土地的

永远的光明

2011 年 6 月

后　记

退休后的这十多年，我又去了不少以前去过的地方，比如江西。1981 年冬，我先乘火车到南昌，再坐长途汽车下吉安，而后去兴国、永新、宁冈、茨坪、遂川、赣州、于都、瑞金、大余等地。那时的车况路况与今天皆不可比，车出南昌不远便抛了锚，一路南行，数次抛锚，数次修理，到吉安时，已傍晚时分。这次也是由南昌出发，车况自不必说，路是高速公路，早饭后从容登车，午饭前，便到了茨坪。

茨坪现在已经是国家级风景区了，名字也改成井冈山市。那些神圣的遗址，成了风景区里最圣洁的景致。旅游团队络绎不绝，各种口音在耳边缭绕。市区高楼鳞次栉比，车辆往返穿梭，五颜六色闪着霓虹的广告牌和一家挨着一家摆满了丰富商品的商铺和饭馆，向人们宣示着这里的喧闹与繁华……

我对同来的伙伴们说，找不到当年的感觉了。

莫非当年的感觉真的远去了？当年的感觉是什么？我问自己。举着火把背着砍刀来这里进行割据的老一辈人，肯定是想象不出今天的繁华的，但他们一定是为了今天的繁华，才来这里点燃中国革命的星星之火的。

于是，在繁华中，我凝视着当年的简陋；在喧闹中，我聆听着当年的絮语；在浮躁中，我咀嚼着沉淀的往事；在热烈中，我思考着短暂的人生……

其他地方的变化更是巨大的、惊人的。这应了一首老歌里唱的："祖国啊，我爱你多采的风姿，我想看个够啊，总也看不够。"我们这片古老的土地，真的变了模样，变得让我们越来越不认识了。

　　我把十多年来的所见所思所记整理成册，定名为《走南走北》，为了表达自己的心声，如我在诗里写的：

　　　走过了五千年漫漫长路的中国／在血与火中涅槃重生的中国／清新的风吹拂着的中国／明丽的太阳温暖着的中国／二十一世纪的中国啊！

作者

2020 年 11 月